# GERTRUDE
grenzenlos

Judith Burger

# GERTRUDE
## grenzenlos

Mit Bildern
von Ulrike Möltgen

Für meine Freundinnen

# 1

Ich renne. Ich bin zu spät. Hab bestimmt schon ganz rote Wangen, so heiß, wie die sich anfühlen. Noch einmal um die Ecke, da ist das Schulhaus. Das Tor steht offen. Ich bin zum Glück nicht die Letzte, es gibt noch ein paar andere Auf-den-letzten-Drücker-Kommende. Schnell die Treppen hoch. Eilig nehme ich zwei Stufen auf einmal. Meine Hände habe ich unter die Ranzenriemen geklemmt, vorn, kurz unter der Schulter. Plötzlich verschätze ich mich mit dem Abstand einer Stufe. Oder ist diese Stufe höher als die anderen? Ich rutsche mit dem Fuß ab, stolpere und bekomme meine Hände nicht so schnell aus den Riemen heraus. Schon passiert. Aua. Das gibt nicht nur blaue Flecken am Schienbein, sondern auch an den Unterarmen. Hinter mir lachen alle. Kümmert euch um euer eigenes Zuspätkommen! Ich rappele mich wieder hoch und renne weiter.

»Guten Morgen«, rufe ich hastig. Frau Wendler sitzt

schon vorn an ihrem Schreibtisch und guckt sauertöpfisch. Wie immer. Schnell packe ich aus, setze mich neben Kathrin. Kathrin hat ihre Sachen natürlich schon längst superordentlich auf ihren Platz gelegt, auf Kante. Als ich eilig meine Federtasche aus dem Ranzen ziehe und sie mit Schwung auf den Tisch lege, fliegt der ganze Inhalt durchs Klassenzimmer. Ich hatte vergessen, die Federtasche aufzuräumen und zu schließen. Auch das noch. Frau Wendler guckt schon.

»Immer kommst du auf den letzten Drücker!«

Kathrins Stimme klingt schneidend. Wie es aussieht, hat Kathrin genauso schlechte Laune wie Frau Wendler. Dabei sind die beiden nicht auf der Treppe hingefallen.

»Und du mal wieder zu früh«, sage ich und bereue es gleich. Ist ja nicht Kathrins Schuld, wenn ich zu spät komme.

»Das ist jetzt schon das achtzehnte Mal in diesem Schul…«

»Du zählst, wie oft ich zu spät komme?«

»Als Gruppenratsvorsitzende ist es meine Pfli…«

»Ich bin im Treppenhaus hingefallen, schau mal.« Ich reibe mir die schmerzenden Unterarme. Aber Kathrin guckt jetzt demonstrativ zur Seite. Ach so. Ich bin ihr wieder ins Wort gefallen, das kann sie nicht leiden. »Wie oft habe ich dir gesagt, du sollst andere Leute ausreden lassen«, sagt Mutti immer. Mit so hochgezogenen Augenbrauen, dass sie aussehen wie zwei Sicheln.

Gerade will ich eine Entschuldigung murmeln, da klingelt es zur Stunde. Wie immer begrüßen wir uns mit dem Pioniergruß. Frau Wendler sagt: »Seid bereit!« – und wir antworten: »Immer bereit!« Dabei legen wir die flache Hand hochkant auf den Kopf. Dann beginnt Frau Wendler mit dem Unterricht.

Ich neige meinen Kopf rüber zu Kathrin und flüstere: »Tut mir leid. Ich hab wieder reingequatscht, ich weiß. Ich gelobe Besserung.« Ich grinse, aber Kathrin grinst nicht zurück. Sie ist eine echte Streberin, ihre Mutter ist Staatsbürgerkundelehrerin an unserer Schule.

»Bin ich wirklich schon achtzehn Mal zu spät gekommen?« Ich frage lieber noch mal nach. Kathrin sagt nichts.

»Aber du musst zugeben«, fahre ich fort, »ich sitze zumindest immer auf meinem Platz, wenn es zur Stunde klingelt. Ist also eigentlich kein richtiges Zuspätkommen. Also bin ich achtzehnmal Mal beinahe zu spät gekommen.«

Kathrin guckt weiterhin demonstrativ zur Seite und antwortet nicht, obwohl ich mich inzwischen weit zu ihr rübergelehnt habe. Na, dann eben nicht. Dumme Kuh. Ich setz mich wieder gerade hin und schau nach vorn – direkt auf Frau Wendlers Bauch. Denn sie steht genau vor meinem Platz. Wie lange schon? Sicher hat sie alles gehört. Heute geht aber auch alles schief. Ich murmele eine Entschuldigung, aber Frau Wendler bleibt stehen und fixiert mich.

»Ina Damaschke! Offensichtlich bist du mal wieder der Meinung, dass für dich andere Regeln gelten?«

»Äh, nein. Denk ich nicht«, sage ich. Und das stimmt auch.

»Wenn du deine Mitschüler mutwillig davon abhältst, dem Unterricht zu folgen, dann muss ich dich entfernen.«

Mutwillig! Frau Wendler benutzt immer solche komischen Wörter. Und jetzt will sie mich auch noch entfernen.

»Nimm deine Sachen und setz dich in die leere Bank dort hinten. Da kannst du darüber nachdenken, was du falsch gemacht hast.«

Stumm packe ich meine Federtasche wieder in den Ranzen. Meine Wangen fangen wieder an zu brennen wie vorhin beim Rennen. Bestimmt bin ich knallrot. Aber hier hinten sieht das keiner. Nur Matze schaut sich zu mir um und zeigt mir 'ne lange Nase. Normalerweise hätte ich ihm auch eine Fratze geschnitten, aber jetzt bin ich lieber vorsichtig. Immerhin bin ich nun die Einzige in der Klasse, die allein sitzen muss. Was für ein blöder Tag! Der kann ja nur noch besser werden.

Frau Wendler macht weiter mit ihrem Deutsch-Unterricht. Das mach ich eigentlich gern. Aber jetzt hab ich Mühe, mich zu konzentrieren. Da klopft es an der Tür. Sie öffnet sich, der Direx steht da. Er wechselt einen bedeutsamen Blick mit Frau Wendler und schiebt wortlos ein fremdes Mädchen herein. Der Direx geht zu Frau Wendler und raunt ihr etwas ins Ohr. Dann verschwindet er wieder, die Klasse würdigt er mit keinem Blick.

Einen Moment lang steht das Mädchen ganz allein da vorn, mit gesenktem Kopf. Schließlich geht Frau Wendler zu ihr, aber nicht etwa, um sie zu begrüßen. Sie geht hin, schießt einen Blick einmal rund um das Mädchen, hoch und runter. Jeder kann sehen, dass sie Westklamotten anhat. Vielleicht guckt Frau Wendler deshalb noch strenger als sonst?

Dann wendet sich Frau Wendler an die Klasse:

»Das ist eure neue Mitschülerin: Gertrude Leberecht.«

GERTRUDE!!! Soll das ein Witz sein? Wieso heißt ein Mädchen in meinem Alter Gertrude? Wollten ihre Eltern sie damit bestrafen? In der Klasse gackern gleich alle los. Frau Wendler schielt nur einmal über ihre Brille und schon sind alle mucksmäuschenstill. Sie sagt zu Gertrude: »Du setzt dich am besten ...« Frau Wendler schaut sich um: »... neben Ina.«

Ach, das ist ja interessant, diese Gertrude darf also neben mir sitzen. Es scheint, als wäre es in Ordnung, diese Gertrude vom Unterricht abzulenken.

Gertrude setzt sich neben mich, aber schaut mich nicht an. Und ich krieg erst einmal 'nen Schock. Diese Gertrude hat nicht nur Westklamotten an, die riecht auch noch so. Nach Westwaschmittel. Ich schnüffele den betörenden Duft ein.

Ich war einmal mit Mutti im Intershop, da hat es so ähnlich gerochen. Verheißungsvoll. Mutti hat sich ganz komisch benommen. Ich weiß nicht, wo sie das Westgeld herhatte damals, wir haben nämlich keine Westverwandtschaft. Aber einmal waren wir also in diesem Laden: Intershop. Der war versteckt in einem alten Gebäude, man musste über den Hof in ein Hintergebäude rein und dann die Treppen hoch. Der Laden an sich war klitzeklein, aber mir sind trotzdem fast die Augen übergegangen bei dem Anblick: So viel Bunt hatte ich noch nie gesehen. Und wie das geduftet hat da drin! Ich hab mich gleich gar nicht mehr wie ich gefühlt. Dann war Mutti dran und hat die ganze Zeit geflüstert, als ob wir was Verbotenes täten. Ich habe an diesem Tag die tollsten Sachen bekommen: einen Tintenkiller, eine Stange Maoam und Aufkleber. Ich war so glücklich! Und gleich darauf unglücklich. Denn Mutti hatte mir verboten, die Sachen mit in die Schule zu nehmen, weil sie niemand sehen sollte. Wozu sind die dann gut, wenn ich die Freude mit niemandem teilen kann? Aber dabei blieb es.

Und nach diesem Intershop-Laden duftet nun meine neue Banknachbarin. Ich schiele zu ihr rüber. Gertrude, denke ich. Wieso heißt die Gertrude? Sieht sie aus wie eine Gertrude? Wie sieht denn eine Gertrude aus? Ich würde sagen, eine Gertrude trägt einen Dutt. Oder nein, sie hat eine Perücke auf. Eine pechschwarz gefärbte Perücke mit Wellen drin. Tief in die Stirn gezogen. Und eine Kittelschürze und braune, unförmige Schuhe. So sieht eine Gertrude aus. Aber die Gertrude neben mir, die sieht ganz anders aus. Sie hat todschicke Jeans an und eines von diesen bunten Sweatshirts. Und schicke weiße Turnschuhe. Solche Klamotten hat nur jemand mit Westverwandtschaft. Solche Sachen gibt es nicht in unseren Läden zu kaufen. Ich wette, dass sich alle Jungs auf der Stelle in diese Gertrude verlieben.

Vorn beginnt Frau Wendler mit der Deutschstunde, wir behandeln ein stinklangweiliges Gedicht. Es geht darin um den Sozialismus und die DDR. Es geht darum, dass die Menschen in der DDR es gut haben, weil wir kein imperialistisches Land, sondern ein friedliebendes Land sind, dass es hier keinen Kapitalismus gibt und niemand ausgebeutet wird. Eigenlob stinkt, hat Oma immer gesagt. Aber das kann ich natürlich nicht sagen. Ich weiß schon, wie das funktioniert. Man muss alles, was wir lernen, gut finden und wiederholen und dann bekommt man eine gute Zensur. So einfach ist das.

Gertrude sitzt derweil neben mir, als säße sie schon immer da. Ich beobachte sie entgeistert. Schließlich schickt sie mir einen Seitenblick. Ich schau sie an. Ich lächle, ich kann nicht anders, denn diese Gertrude sieht aus, als wäre sie nicht ganz blöd. Gertrude lächelt zurück. Aber mehr auch nicht.

Da brüllt Frau Wendler sofort: »Gertrude Leberecht! Hier vorn spielt die Musik! Du weißt wohl schon alles über unser Gedicht?«

Gertrude schüttelt langsam den Kopf. Aber sie schaut Frau Wendler dabei so fest an, dass die sich plötzlich abwendet und weiter über ihr Gedicht redet. Irgendwie auch unheimlich, diese Gertrude.

Den ganzen Tag bleibt diese Gertrude still. In der Stunde schaut sie nach vorn. In den Pausen bleibt sie sitzen und schaut auf die Bank. In der Hofpause bleibt sie allein in der Nähe des Schultors stehen. Kaum klingelt es zum Ende der Pause, ist sie verschwunden. Als ich hoch ins Klassenzimmer komme, sitzt sie schon wieder in der Bank, als wäre sie nie fort gewesen. Als ich sie frage, ob sie mit mir die Schulbrote tauschen will, schüttelt sie entsetzt den Kopf. Ja, sie ist entsetzt, das kann ich in ihrem Gesicht sehen. Dabei tauschen wir oft in der Klasse die Schulbrote. Sie scheint das nicht so gern zu machen.

Als ich auf dem Heimweg bin, geht Gertrude genau vor mir. Ich finde, es reicht jetzt mit dem Schweigen. Ich schiebe ein paar Hüpfer zwischen meine Schritte, sodass ich meine neue Banknachbarin bald eingeholt hab.

»Na?«, sag ich.

Gertrude lächelt.

»Wie gefällt dir deine neue Schule?«

Gertrude zuckt mit den Schultern und lächelt.

»Nun musst du auch noch neben mir sitzen.«

Gertrudes Lächeln ist verschwunden.

»Na, so schlimm wirst du schon nicht sein.« Es ist das Erste, was Gertrude heute sagt.

Und leider weiß ich keine Antwort darauf. Ich glaube, ich gucke nicht gerade intelligent. Ich weiß nichts über diese Gertrude. Aber ich wär gern auch so geheimnisvoll.

Wir gehen schweigend weiter. Ich starre auf den Fußboden und suche krampfhaft nach einer Strategie, Gertrude davon zu überzeugen, mir etwas von sich zu erzählen. Ich verfolge unsere Schritte auf dem Kopfsteinpflaster.

»Schicke Schuhe«, sage ich und deute auf ihre Turnschuhe.

Gertrude lächelt.

Oh Mann! Immer dieses Lächeln. Das könnte ich nie. Einfach nur lächeln, wenn mich jemand was fragt. Gertrude lässt sich nicht gern auf Gespräche ein. Wieder presche ich vor:

»Ich frage mich, wieso du so einen merkwürdigen Vornamen hast?«

Peng! Jetzt bleibt sie stehen und schaut mich erstaunt an.

»Du findest meinen Namen komisch?«

»Äh ... ja. Heute heißt doch kein Mensch mehr Gertrude. Heute heißt man Kathrin, Katja, Simone, Torsten, Marco, Andrea ... äh ... na, du weißt schon.«

Gertrude geht immer noch nicht weiter. Und ich auch nicht. Sie legt den Kopf schief und schaut mich an. Ich muss sie die ganze Zeit anstarren.

»Ich heiße wie eine berühmte Dichterin. Gertrude Stein. Also eigentlich Görtrud Ssstein. Sie hat in Amerika gewohnt.«

Zack! Der erste Preis fürs Blödgucken geht an mich.

»Wer?«

»Gertrude Stein. *Eine Rose ist eine Rose ist eine Rose ist eine Rose* ... Kennst du das nicht?«

Hab ich noch nie im Leben gehört. Und Rosen, die Rosen sind, die Rosen sind ... Ehrlich gesagt, habe ich noch nie so über Blumen nachgedacht. Ich bin völlig ratlos. Verflixt, ich will diese Gertrude kennenlernen, aber dieses Mädchen fegt mich mit wenigen Sätzen völlig beiseite.

»Ich muss jetzt hier abbiegen. Wir sehen uns ja morgen.« Und dann verschwindet sie lächelnd. Gertrude. Ist Gertrude ist Gertrude ist Gertrude. Ratlos trotte ich nach Hause.

Zu Hause liegt ein Zettel von Mutti. »Mach dir's gemütlich, aber vergiss den Pioniernachmittag nicht. Kuss Mutti«

Am Mittwoch haben wir oft Pioniernachmittag. Ich habe selten Lust dazu, aber heute kann ich es kaum abwarten, zum

Pioniernachmittag zu gehen, denn sicher wird Gertrude dort sein.

Mama hat mir ein paar Zwiebäcke hingelegt. Sie weiß, dass ich die gern esse, wenn ich Butter draufschmiere. Nach einer Weile werden die Zwiebäcke unter der Butter weich und bekommen so ein Aroma ... hmm ... Ich mag Zwiebäcke. Vielleicht, weil sie zweimal gebacken sind, wie der Name schon sagt. Wer nach einmal Backen noch nicht fertig ist, kommt noch mal in den Ofen.

Ich hole Leo und Lieschen, meine Meerschweine, aus dem Käfig, lasse sie in meinem Bett herumlaufen und esse meine Zwiebäcke. Natürlich wollen sie etwas abhaben, Leo und Lieschen essen einfach alles. Schrab, schrab, schrab, so klingt es immer aus ihrem Käfig. Allerdings muss ich aufpassen, dass die Schweine und ich keine Krümel hinterlassen. Mutti hasst Krümel und Staub und Schmutz. Deshalb gibt es bei uns zu Hause einen Schmutzvermeidungs-Plan. Und ich muss natürlich mit ran: regelmäßig wischen, Staub wedeln und so weiter. Macht keinen Spaß, muss aber sein. Aber erst mal starre ich in die Luft. Das mache ich oft. Ich bin meistens am Nachmittag allein. Mutti arbeitet als Chefsekretärin in einem Betrieb und ihr Chef »lässt ihr keine Luft«, wie sie immer sagt. Einen Vati gibt's bei uns nicht.

Ich gehe ins Wohnzimmer. Es ist immer aufgeräumt. Immer. Mutti will das so. Ich stehe vor Muttis Bücherregal und lese die Buchrücken. Es gibt einige weibliche Namen auf den Buchrücken: Sarah Kirsch, Brigitte Reimann, Eva Strittmatter. Ich kenne keine Einzige. Hatten wir in der Schule noch nicht. Aber eine Gertrude Stein ist nicht dabei.

Als ich meinen leeren Zwiebackteller in die Küche räume, sehe ich Muttis Einkaufszettel. Neben Staubwischen zählen Abwaschen und Einkaufen zu meinen festen Aufgaben. Das muss ich vor dem Pioniernachmittag noch erledigen. Zum Glück brauchen Mama und ich nicht so viel Geschirr, zumindest in der Woche. Der Abwasch ist schnell gemacht. Beim Staubwischen mache ich zugegeben ein bisschen husch, husch. Dann schnappe ich mir das Einkaufsnetz und renne zum Konsum an der Ecke. Brot, Limonade, Butter, Quark. Ich stelle mich an der Kasse an. Nebenan packen die Frauen, und es sind im Moment tatsächlich nur Frauen im Laden, ihre eingekauften Sachen ein.

Eine alte Frau guckt ein wenig ängstlich. Frau Speckmantel, die im Konsum an der Kasse sitzt, beäugt sie misstrauisch. Frau Speckmantel wohnt auch bei uns im Haus und ist eine doofe Kuh.

Artig grüße ich sie: »Guten Tag, Frau Speckmantel.«

»Wen haben wir denn da? Die Ina. Und bekommst du auch immer gute Zensuren?«

»Ja, Frau Speckmantel.« Und ich frage mich, was es sie angeht, was ich für Zensuren kriege?

»Immer schön lernen, das ist eines jeden Pionier seine Pflicht.«

Beinahe hätte ich sie berichtigt: »Es ist die Pflicht eines jeden Pioniers« klingt mir doch besser, aber ich weiß, dass ich das lieber sein lasse. Innerlich verdrehe ich genervt die

Augen, äußerlich grinse ich Frau Speckmantel an. Mutti kann sie auch nicht leiden, sie sagt, die Speckmantel hat ihre Augen und Ohren überall. Schnell bezahle ich und fliehe aus dem Konsum.

Zu Hause stell ich mich vor den Spiegel. Ich will heute ein bisschen schicker aussehen, denn beim Pioniernachmittag sehe ich diese Gertrude wieder. So tolle Turnschuhe wie sie hab ich natürlich nicht, ich besitze nur die Essengeldturnschuhe aus blauem Stoff, die jedes Kind in der DDR besitzt. Ich muss also meine Sandalen anbehalten. Aber dafür ziehe ich heute einen Lederrock an, der vorn mit Druckknöpfen zu schließen ist. Das ist was Besonderes. Ich hab nämlich nicht oft Röcke an, weil ich selten das Rockgefühl habe. Aber heute, heute hab ich das Rockgefühl.

Ich stehe eine halbe Stunde vor dem Spiegel und binde meine Haare zu einem Zopf, mache sie wieder auf, wieder zusammen. Am Ende lass ich den Pferdeschwanz, man muss ja nicht übertreiben.

Ich bin eine der Ersten beim Pioniernachmittag, was mir die Aufgabe einbringt, alle Stühle in einen Halbkreis zu schieben. Heute leitet Frau Wendler den Pioniernachmittag, und wie es scheint, hat auch sie heute das Rockgefühl gehabt. Allerdings hat sie sich für einen ausgesprochen hässlichen Rock entschieden. Nach und nach trudeln alle ein und setzen sich in den Halbkreis. Aber wo bleibt Gertrude? Keine Gertrude weit und breit, als Frau Wendler den Pioniernachmittag eröffnet. Und es scheint sie überhaupt nicht zu stören. Wenn sonst jemand unentschuldigt fehlt, wird er gleich eingetragen. Dass Gertrude nicht da ist, scheint dagegen niemandem aufzufallen. Das ist so merkwürdig, dass ich beschließe, lieber nicht nachzufragen. Ist nur so ein Gefühl.

Der Pioniernachmittag ist genauso langweilig wie immer. Wir reden über den nächsten Bastelnachmittag, es wird verglichen, wer das meiste Altpapier in die Schule geschleppt hat. Die fleißigsten Sammler werden dann beim Schulfahnenappell ausgezeichnet und kommen an die Straße der Besten. Dann planen wir unsere Klassenfahrt. Es soll nach Weimar gehen. Meinetwegen, mir ist heute alles egal. Ich habe andere Sorgen. Wieso kommt Gertrude nicht zum Pioniernachmittag? Ich beuge mich leicht zu Kathrin rüber und raune ihr zu: »Du, die Neue ist gar nicht da.«

Kathrin zuckt mit den Achseln und zieht ein Gesicht, als hätte ich sie darauf hingewiesen, dass in dem Moment, wo wir hier sitzen, draußen die Blumen weiter wachsen. Denn da wir das eh nicht beeinflussen können, ist es auch egal. Aber ich bin hartnäckig.

»Interessiert es dich überhaupt nicht, wo sie steckt?«, frage ich nun und beuge mich noch ein bisschen weiter vor. Aber Kathrin schaut stur nach vorn. Oh Mann, was ist die heute zickig. Ich beuge mich noch ein Stückchen weiter und stupse sie in die Seite. Nichts passiert, dann schaue ich nach vorn … na klar! Frau Wendler beobachtet mich schon die ganze Zeit. Ich setze mich kerzengerade hin und murmele eine Entschuldigung. Frau Wendler verschränkt schnippisch die Arme vor der Brust.

»So, Ina, offensichtlich hast du nicht begriffen, wofür wir uns hier versammeln? Meinst du nicht, dass es einen Grund dafür gibt?«

»Ja«, sage ich.

»Es würde dir nicht schaden, dich ein bisschen mehr ins Kollektiv einzubringen.«

Autsch, jetzt kommt das ganz große Besteck. Da hilft nur Vorpreschen und ich platze heraus:

»Ich war gerade dabei, mir etwas zu überlegen, Frau Wendler.«

Frau Wendlers Augen werden sehr schmal.

»Überlegen kannst du zu Hause. Hier kommt es auf Taten an.«

Autsch!

»Als Pionier bist du ein Vorbild, also benimm dich auch so!«

Ich sinke tiefer in meinen Stuhl und erkläre diesen Tag heute endgültig für gescheitert. Kathrin schaut triumphierend herüber. Der Rest des Pioniernachmittags ist noch langweiliger. Melanie, die Wandzeitungsredakteurin im Gruppenrat unserer Klasse, enthüllt die neu gestaltete Wandzeitung. Es geht schon wieder um Ernst Thälmann. Dabei hatten wir erst im April eine Wandzeitung mit Ernst Thälmann, denn er hat am 16. April Geburtstag. Also, hätte Geburtstag gehabt, denn die Nationalsozialisten haben ihn 1944 ermordet. Er ist einer unserer Helden, ich kann seinen Lebenslauf im Schlaf hersagen.

Endlich ist der Pioniernachmittag vorbei. Endlich! Ich bin völlig bedient und packe meinen Block in die Tasche. Draußen laufe ich zu Kathrin. Ich ziehe sie am Ärmel, damit sie stehen bleibt.

»Weißt du, warum die Neue nicht zum Pioniernachmittag gekommen ist? Diese Gertrude. Das ist ein komischer Name, was?«

»Hör mal, lass mich mit der Neuen zufrieden.« Kathrin schüttelt meine Hand ab. »Das sind doch die Leberechts. Ihr Vater, das ist dieser komische Dichter. Mutti sagt, der hat in seinen Gedichten unsere Republik schlechtgemacht.«

Ich muss wohl ziemlich blöd gucken, denn Kathrin verleiert die Augen und sagt schließlich:

»Du kapierst auch gar nichts. Ich will mit denen nichts zu tun haben. Mutti sagt, es ist besser, wenn ich mich mit der nicht abgebe. Außerdem sind die in der Kirche. Die hat doch ihre Kirchenfreunde.«

Ich schleiche nach Hause. Gertrude ist also eine von der Kirche. Und ihr Vater schreibt Gedichte. Na, das hätte mal einer ahnen sollen. Ich kenne niemanden, der in die Kirche geht. Leute, die an Gott glauben. Thälmannpioniere gehen nämlich nicht in die Kirche. Und deswegen ist Gertrude sicher auch kein Pionier und kommt nicht zum Pioniernachmittag.

»Was ziehst du denn für ein Gesicht?«

Mutti nimmt mein Gesicht in beide Hände und zwingt mich, sie anzusehen. Ich war völlig in Gedanken und habe meine Bratschnitte auf dem Teller vergessen. Dabei liebe ich Bratschnitten, in der Pfanne in Butter angeröstet, mmh! Schnell beiß ich hinein und beginne sofort zu reden. Mama sieht mich belustigt an und schüttelt den Kopf. Ach so, ich soll nicht mit vollem Mund reden. So was vergesse ich immer. Schnell runterschlucken, jetzt ist mein Mund leer.

»Mutti, stell dir vor, du würdest in die sechste Klasse gehen und eines Tages kommt ein neues Mädchen in die Klasse. Sie ist ein bisschen anders als die anderen, sie hat einen komischen Vornamen, zieht sich anders an und ist wahrscheinlich sehr schüchtern. Sie bleibt lieber allein und sagt nicht viel. Was würdest du tun?«

Mutti lächelt mich an und streicht mir übers Haar. Das macht sie oft.

»Aber Ina«, sagt sie. »Natürlich musst du dich um das neue Mädchen kümmern! Versetz dich doch nur in ihre Lage, wenn sie neu ist und keinen kennt. Das ist eure Pflicht als Klasse, sie bei euch aufzunehmen.«

Ich schweige. Es klingt logisch, was sie sagt.

»Ihr Vater schreibt Gedichte, die unsere Republik schlechtmachen, sagt Kathrin. Und sie ist in der Kirche.«

Da verändert sich das Gesicht von Mutti. »Ach so. Das ist natürlich etwas anderes.«

»Warum ist das anders, Mutti?«

»Ach, Ina, das weißt du doch.«

»Sie ist nett, weißt du.«

»Sicher, Liebes, auch Leute von der Kirche können nett sein. Aber es ist eben so, dass jeder in seiner Welt lebt, verstehst du? Dieses Mädchen lebt in ihrer Welt und wir beide, wir leben in unserer Welt.«

Mutti ist Chefsekretärin im VEB Fortschritt, und so ein sozialistischer Betrieb ist natürlich eine andere Welt als die Kirche. Mutti ist eine »vorbildliche Bürgerin«, das hab ich mal von Frau Speckmantel gehört. Sie hat es im Konsum zu einer anderen Kundin gesagt. Ich war schon draußen, hab es aber noch gehört. Ich hatte vergessen, Frau Speckmantel laut und deutlich zu grüßen, und da hörte ich beim Rausgehen, wie eine Kundin sagte: »So ein unhöfliches Mädchen.« Und Frau Speckmantel erwiderte: »Dabei ist ihre Mutter eine vorbildliche Bürgerin.« Das hab ich mir gemerkt, weil es so bescheuert klingt.

»Sie heißt Gertrude«, erkläre ich Mutti.

»Was?« Mutti stutzt. »Wer?«

»Na, das neue Mädchen.«

»Gertrude? Wer heißt denn heutzutage Gertrude?«

Ich lache. »Hab ich mich auch gefragt. Aber sie sagt, sie hat den Namen bekommen, weil eine berühmte Dichterin so heißt. Gertrude Stein.«

»Noch nie gehört«, sagt Mutti. »Und wie weiter?«

»Leberecht. Gertrude Leberecht.«

Mutti überlegt. Plötzlich werden ihre Augen heller. »Der Leberecht!«, ruft sie aus. »Der hatte doch mal diese hübschen Gedichte über unsere kleine Stadt in der Zeitung ...« Sie überlegt wieder. »Ach so ... und jetzt macht der ... Also, Ina ... na ja, sie ist ja nicht deine beste Freundin. Also, ich meine, du musst dich ja nicht in deiner Freizeit mit ihr treffen.«

Ich will gerade was sagen, da steht sie auf und dreht das Radio lauter. Das heißt für mich, das Gespräch ist beendet. Eine merkwürdige Luft bleibt stehen. Natürlich kann Luft nie stehen bleiben, weil sie immer in Bewegung ist. Aber jetzt, hier in unserer Küche, hab ich das Gefühl, als stünde die Luft im Raum.

Ich packe meinen Ranzen, füttere Leo und Lieschen und wasche mich. Als ich Mutti Gute Nacht sagen will, gehe ich ins Wohnzimmer. Ich höre, dass sie in der Küche telefoniert und dass der Name »Leberecht« fällt.

Als ich am nächsten Morgen das Klassenzimmer betrete, ist Gertrude schon da. Der Rest der Klasse ist laut, alle reden durcheinander, Mark rennt hinter Matze her, Matze hat ihm was geklaut, was er nicht wiedergeben will. Melanie erzählt allen, was sie gestern im Fernsehen gesehen hat. Alles wie immer. Nur eins ist anders. Gertrude sitzt kerzengerade in unserer gemeinsamen Bank und starrt auf ihre Federtasche. Irgendwie sieht sie aus, als gehöre sie nicht hierher. Das morgendliche Rumoren der Klasse hält Abstand zu Gertrude. Kathrin würdige ich ganz betont keines Blickes und setze mich. Übertrieben laut und deutlich sage ich: »Guten Morgen, Gertrude.«

Gertrude blickt langsam auf, dreht sich zu mir und schaut mich prüfend mit zur Seite gelegtem Kopf an. Sie überlegt, runzelt die Stirn, dann lächelt sie plötzlich und erwidert: »Guten Morgen, Ina.«

Die erste Stunde haben wir wieder Deutsch bei Frau

Wendler. Alles, was ich in dieser Stunde mitbekomme, ist Gertrudes Handschrift. Sie schreibt, als ob sie malen würde! Gertrude scheint nichts davon zu merken, dass ich nun auch noch ihre Handschrift bewundere. Und sie schreibt natürlich mit einem Westfüller.

Es klingelt zur großen Pause. Ich sehe, wie Gertrude zusammenzuckt. Das macht sie oft, sich ein bisschen erschrecken, sie zuckt dann immer so zusammen, nur ganz sachte. Als ob ihr alles zu laut wäre. Und die Schulklingel ist laut. Wenn ich die Klingel für Gertrude leiser stellen könnte ... Plötzlich wendet sich Gertrude zu mir. Erst lächelt sie, das hätte ich auch nicht anders erwartet, aber dann sagt sie etwas.

»Könntest du mir das Schulgebäude zeigen?«

»Klar«, sage ich und verschlucke mich dabei und muss husten.

»Ich weiß überhaupt nicht, wo der Speiseraum ist, die Sporthalle, die Toiletten ... Weißt du?«

Ich nicke heftig. Und im nächsten Moment schreiten wir den langen Schulkorridor entlang. Ich bin ein bisschen gewachsen, gerade. So ist das. Ich zeige Gertrude alles. Das Chemiekabinett, das Lehrerzimmer, die Milchausgabe. Der zweite Teil der großen Pause spielt sich eigentlich im Hof ab. Ganz weit weg von mir habe ich auch den Lärm gehört, als alle Schüler auf den Schulhof geströmt sind. Nur wir beide nicht.

»Wenn du aufs Klo musst«, sage ich und Gertrude lächelt, »dann nimm nicht das im Erdgeschoss, sondern in der ersten Etage. Das stinkt nicht so doll.«

23

Ich führe Gertrude in die Schultoilette. Die Wände sind bekritzelt. Vom Fenster aus können wir den ganzen Schulhof, den Sportplatz mit der Aschenbahn und die Weitsprunggrube sehen. An der Seite der Sporthalle stehen die Schüler aus der Zehnten. Da traut sich keiner hin.

Gertrude und ich lächeln uns an. Plötzlich geht die Tür hinter uns auf und Frau Wendler steht im Raum.

»Darf ich fragen, was ihr in der Hofpause im Gebäude macht? Ich glaube nicht, dass ihr dafür eine Erlaubnis habt.«

Sie schaut böse aus.

Jetzt liegt es an mir, ich muss die Situation retten.

»Ich zeige Gertrude die Schule, wo alles ist, damit sie sich zurechtfindet und sich gut ins Kollektiv einfügen kann.« Ich weiß, was Frau Wendler hören will, und gegen diese Erklärung kann sie nichts sagen. Sie nickt stumm.

»Das ist eine Ausnahme, damit das klar ist.«

Gertrude und ich nicken eifrig.


Den Rest des Tages lächelt mich Gertrude noch häufiger an. Und ich lächle jedes Mal zurück. In Geschichte darf ich mit ihrem Füller schreiben. Im Schulspeisesaal sitzen wir an einem Tisch, und als Gertrude viel eher fertig ist als ich, bleibt sie sitzen. Sie wartet auf mich, damit wir zusammen die Schule verlassen können. Ist das jetzt Eine-Freundin-Haben?

»Wo wohnst du denn?«, fragt mich Gertrude auf der Straße.

»Im Fritz-Heckert-Neubaugebiet. Das ist nur zehn Minuten entfernt. Und du? Kannst ja mitkommen, ich zeig dir meine Meerschweinchen.«

»Geht heute nicht, Ina. Ich hab nachher Chorprobe. Ich wohne am Domplatz, im Zentrum.«

»Du singst im Chor?«

»Ja, bei den Domspatzen.«

»Ach so, im Dom«, antworte ich. Ist ja klar, wenn sie in der Kirche ist.

Jetzt sind wir schon an der Stelle angelangt, wo ich eigentlich eine andere Richtung einschlagen muss. Aber so kann der Beginn unserer Freundschaft doch nicht enden!

»Weißt du was, ich begleite dich noch ein Stückchen.«

Gertrude lächelt.

»Eure Schule gefällt mir ganz gut«, sagt Gertrude und lächelt traurig.

»Nur ganz gut? Also doch nicht richtig?«

Gertrude schaut mich an, direkt in die Augen: »Seit ich dich kenne, wird es immer besser.«

Und jetzt lächle ich.

Gertrude ist noch aus einem anderen Grund stehen geblieben: Wir haben den Domplatz erreicht. Sie ist zu Hause. Jetzt muss ich allein zurück. Aber da sagt Gertrude:

»Weißt du was, jetzt begleite ich dich noch mal ein Stück zurück.«

Ich kichere und wir drehen um. Gertrude henkelt sich ein.

»Und wenn wir da vorn an der Straßenlaterne ankommen, geh ich wieder ein Stück mit dir in deine Richtung!«

Gertrude lacht.

»Aber wir können uns nicht gegenseitig hin und zurück begleiten, dann kommt nie eine von uns an.«

»Aber wir sind immer zusammen.«

Wir lächeln beide. Ich kann mir nicht vorstellen, mit einem anderen Mädchen aus meiner Klasse so eine merkwürdige Unterhaltung zu führen.

## 2

Es fühlt sich an, als hätte ich eine Freundin. Alles ist anders als vorher. So war es noch nie. Bei Gertrude habe ich immer das Gefühl, richtig zu sein. Sie ist himmlisch. Ich weiß, das hört sich bescheuert an. Aber es ist so. Mit Gertrude ist es einfach so. Wir tauschen unsere Frühstücksbrote, laufen eingehenkelt die ganze Hofpause umher, lesen uns Sachen vor, schreiben uns Briefe, obwohl wir nebeneinander sitzen. Einmal hat sie mir einen französischen Zopf geflochten. Und eben – es ist gerade Schulschluss – hat mich Gertrude gefragt, ob ich mit zu ihr nach Hause komme auf einen Besuch. Ich geh natürlich mit. Ich wünsche mir nichts sehnlicher, als zu sehen, wie Gertrude wohnt. Es kommt ein bisschen plötzlich und ich habe auch nicht um Erlaubnis gefragt, aber ich bin ja wieder zu Hause, bevor Mutti heimkommt.

Als ich mit Gertrude geradewegs den Domplatz ansteuere, wird es mir fast ein bisschen mulmig. Dabei mache ich gar nichts Schlimmes. Ich besuche einfach eine Freundin. Da ist ja wohl nichts Schlimmes bei? Aber als ich plötzlich auf der anderen Straßenseite Frau Wendlers erstauntes Gesicht sehe, die dort mit zwei Einkaufsbeuteln steht, weiß ich, dass es nicht selbstverständlich ist, Gertrude zu besuchen.

»Ich frage mich, ob wir Ärger bekommen?«, sage ich zu Gertrude, als sie die Tür öffnet.

Kaum bin ich in Gertrudes Haus, denke ich an all das nicht mehr. Wie es hier aussieht! Die anderen Wohnungen, die ich sonst so kenne, sehen so aus wie unsere. Irgendwie alle gleich. Viele haben sogar die gleichen Möbel. Und die meisten Wohnungen, die ich kenne, sind furchtbar ordentlich. Aber diese Wohnung hier ist anders. Sie ist vollgestellt mit Möbeln, die teilweise ganz schön alt aussehen. Also richtig alt, fast schon ein bisschen kaputt. An den Wänden stehen Regale, die komplett mit Büchern vollgestopft sind, waagerecht, senkrecht, wie grad Platz ist. Dann hängen überall Setzkästen, in denen lauter hübsche Sachen verstauben: kleine Püppchen, Kerzenleuchter, Tassen, Vasen, Figuren … und in der Mitte des großen Zimmers steht ein Flügel.

Gertrude lacht laut, als sie sieht, wie ich mit offenem Mund dastehe und alles bestaune. Dann kommt eine Frau ins Zimmer. Ihre langen Haare sind unordentlich aufgesteckt und sie trägt ein weites Kleid, an dem eine riesige Brosche prangt, die einem sofort ins Auge fällt. Also, ich vermute, dass es eine Brosche ist, denn ich habe noch nie etwas Vergleichbares gesehen. Sie scheint aus Holz oder Leder gemacht zu sein, zumindest sind Holzkugeln mit drin verarbeitet, ich kann auch ein Stück Strick sehen. Das absolut Merkwürdige daran: Man kann nicht erkennen, was sie darstellt, obwohl sie ziemlich groß ist. Ich meine, sie sieht nicht aus wie eine Blume oder so. Normalerweise legt man sich doch Schmuck an, um sich damit zu schmücken, das heißt ja auch, dass man den Schmuck dann besonders schön findet. Oder? Ich trage keinen Schmuck, aber Mutti hat Ohrringe aus Perlen und welche, die aussehen wie Blümchen, und sie hat jede Menge Armreifen in verschiedenen Farben, die sie dann passend zur Pulloverfarbe trägt. Wenn diese Frau also diese komische Brosche anlegt, muss sie sie ja irgendwie schön finden. Die Frau bemerkt meine Blicke und lacht.

»Diese Brosche habe ich selbst gemacht. Ich nenne sie ›Gewitterfront‹.«

Ich starre die Frau mit offenem Mund an. Ich höre, wie Gertrude lacht und dann sagt:

»Mutter, das ist Ina aus meiner Klasse.«

Mutter? Gertrude sagt »Mutter« zu ihrer Mutter und nicht »Mutti« wie alle anderen Kinder. Irgendwie ist bei Gertrude alles anders.

Ich gebe Gertrudes Mutter die Hand.

»Kannst Vera zu mir sagen, Ina. Freut mich, dass du hier bist. Gertrude hat schon viel von dir erzählt.«

»Guten Tag, Frau Vera«, murmele ich und ich kann spüren, dass ich knallrot werde.

29

Jetzt lacht Gertrudes Mutter laut auf: »Nur Vera, Ina, ohne Frau. Ich heiße Vera.«

Dann zeigt mir Gertrude den Rest der Wohnung. In der Küche steht ein riesiger Tisch mit vielen Stühlen. An der einen Wand befindet sich ein uraltes weinrotes Sofa mit vielen Kissen. Ein Sofa in der Küche, Mutti würde die Krise kriegen. An der Wand hängen ganz viele Bilder. Fotos von Kindern. Wilde Zeichnungen, die mit einem schwarzen Stift gemacht wurden. Und überall Unordnung. Ich könnte die ganze Zeit alles anschauen.

Dann führt mich Gertrude die Treppe hoch und oben vorbei an mehreren Türen.

»Das ist das Zimmer von Theodor und Wilhelm, da drüben wohnt Bettine und ganz am Ende des Flures hat Gotthold sein Reich.«

Wer in aller Welt ist das? Ich glaube nicht, dass es sich bei Bettine und Gotthold um Meerschweinchen handelt. Gertrude sieht mein fragendes Gesicht.

»Meine Geschwister.« Gertrude lächelt ihr Lächeln.

Moment! Ich zähle nach. »Ihr seid fünf Geschwister???«

Gertrude lacht und öffnet eine Tür zu einem Zimmer, es ist ihr Zimmer, das sehe ich sofort. Es ist sparsam eingerichtet. Wie Gertrude. Also, Gertrude ist natürlich nicht sparsam eingerichtet, aber sie ist so ruhig und aufgeräumt. Es gibt ein großes Bett, auf dem eine bunte Decke liegt. Ein kleiner Schreibtisch steht am Fenster, daneben ein Tisch mit Bücherstapeln. An den Wänden kleben Tierplakate, ich sehe auffällig viele Schildkröten und Füchse.

»Sind das deine Lieblingstiere?«

Gertrude nickt. »Schildkröten haben so ein kluges, verschmitztes Gesicht. Außerdem sind sie tapfer. Sie brauchen ewig, um von A nach B zu kommen, und lassen sich nicht beirren. Du musst mal den Gesichtsausdruck einer Schildkröte beobachten, wenn sie sich bewegt. Die Meeresschildkröten verbuddeln ihre Eier im Sandstrand. Wenn die kleinen Schildkröten schlüpfen, müssen sie ganz allein ins Wasser krabbeln, erst dann sind sie in Sicherheit. Aber auf dem Weg dahin kreisen Vögel über ihnen in der Luft, die nur darauf warten, die kleinen Schildkröten zu greifen und zu fressen. Aber sie lassen sich nicht beirren.«

Das ist Gertrude. Wer bitte schön hat je eine Schildkröte auf diese Weise betrachtet? Wenn Kathrin ein Tier mag, dann schreit sie nur: »Oh, wie süß!«

»Und Füchse finde ich einfach süß«, fügt Gertrude hinzu.

Na gut. Ist ja auch nichts Schlimmes bei, wenn man jemanden süß findet.

»Setz dich ruhig«, sagt Gertrude. Sie geht an einen kleinen Schrank und holt eine Schale mit Gummitierchen. Und: Es sind West-Gummitiere.

»Die schmecken so gut!«, rufe ich, den Mund voll mit einer klebrigen Masse, und muss aufpassen, dass ich vor Gier nicht unhöflich werde. Gertrude isst sowieso nur wenig davon. Sie scheint immer vernünftig zu sein.

»Gertrude, warum hast du so viele Sachen aus dem Westen?«

»Wir bekommen viele Westpakete. Vater hat viele

Freunde drüben. Und ein Teil unserer Familie wohnt auch dort.«

Den letzten Satz sagt sie leiser. Ich höre auf zu kauen. Denn das ist was Ernstes. Ich sage nichts, denn ich weiß, dass Gertrude von allein weitersprechen wird, so gut kenne ich sie schon. Es dauert nur eine Weile.

»Mein Onkel, also Vaters Bruder, wohnt in Westberlin.«

Wenn Gertrudes Onkel in Westberlin wohnt, heißt das, dass sie ihn eigentlich nie sieht. Und ihr Vater bestimmt auch nicht. Denn Menschen aus der DDR fahren nicht in den Westen, da ist eine Grenze, und die ist bewacht. Nur wenige dürfen aus besonderen Gründen nach Westdeutschland fahren.

»Onkel Paul hat einmal hier gewohnt. Aber dann ist er für immer ausgereist.«

Und das ist hart. Denn wer einmal die DDR verlässt, wenn er überhaupt die Erlaubnis dafür bekommt, kann so gut wie nie wieder zurück. Das muss sehr traurig sein für Gertrude. Ich sitze immer noch unbeweglich da und traue mich nicht weiterzukauen. Inzwischen ist die klebrig-süße Gummitiermasse in meinem Mund größer geworden und droht an den Mundwinkeln herauszufließen. Aber wenn ich weiterkaue, wird es schmatzen. Und ein Schmatzgeräusch wäre in diesem Moment echt überflüssig. Die Masse in meinem Mund wird noch größer. Es geht nicht anders, ich muss meinen süßen Speichelstrom zurückschlürfen, und das geht nur laut. Sehr laut. Gertrude sieht mich irritiert an. Jetzt habe ich alles kaputt gemacht. Gertrude schweigt und das macht mein Kauen noch lauter. Ich habe das Gefühl, meine Schluckge-

32

räusche hallen im Raum wider. Beschämt senke ich den Kopf. Warum passiert mir das denn immer? Wir sitzen nebeneinander auf dem Bett. Und dann schießt mir urplötzlich das Richtige in den Kopf:

»Vermisst du ihn, deinen Onkel Paul?«

Gertrude nickt. Dann klopft es an der Tür. Gertrudes Mutter kommt rein. Gertrudes Mutter klopft an, bevor sie das Zimmer ihrer Tochter betritt. Das würde Mutti nie tun. Vera, und das hört sich echt komisch an, wenn ich sie so nenne, kommt mit einem Tablett herein. Sie hat Tee gekocht, dazu stehen nicht etwa zwei Tassen auf dem Tablett, sondern zwei braune Schalen. Sie sind total ungleichmäßig und man sieht sofort, dass die selbst gemacht sind, darauf wette ich.

»Hat deine Mutter die Tassen selbst gemacht?«, presche ich vor, als ihre Mutter wieder weg ist. Gertrude lächelt. »Ausnahmsweise nicht. Die sind von Bettine. Aber sie hat sie in Mutters Keramikwerkstatt hergestellt.«

Ach so, das war die eine Schwester von Gertrude. Und wieder tut sich eine Frage auf. Ist denn hier alles anders?

»Wieso heißt deine Schwester Bettin-e und nicht Bettin-a, wie es normalerweise üblich ist?«

Es folgt ein typisches Gertrudenlächeln.

»Meine Schwester hat ihren Namen nach Bettina von Arnim bekommen. Die wurde auch oft Bettine genannt, das fanden meine Eltern schöner.«

»Und wer ist Bettine von Arnim? Auch so eine wie Gertrude Stein?«

»Na ja, ein bisschen«, sagt Gertrude.

Also ehrlich, ich fühle mich ein wenig bescheuert. Denn nun zählt Gertrude alle Namensvettern ihrer Geschwister auf. Bettine heißt nach Bettine von Arnim, Theodor nach Theodor Fontane, Wilhelm nach Wilhelm Raabe und Gotthold nach Gotthold Ephraim Lessing. Und Gertrude heißt ja wie Gertrude Stein. Den Namen Lessing habe ich schon mal gehört, die anderen kenne ich nicht. Ob Gertrude die alle gelesen hat? Ich habe zuletzt »Bootsmann auf der Scholle« gelesen. Und außerdem guck ich mir immer wieder gern meine alten Bilderbücher an, zum Beispiel »Die Schildkröte hat Geburtstag« oder »Der kleine Angsthase«.

Um Zeit zu gewinnen, nehme ich einen großen Schluck aus der Keramikschale. Muss ich dazu sagen, dass dieser Tee, der da drin ist, völlig anders als alle Tees schmeckt, die ich je getrunken habe?

«Gotthold«, murmele ich. »Ich glaube, ich würde mein Kind niemals Gotthold nennen.«

Gertrude lächelt und nickt. Dann geht sie zum Bücherregal und zieht ein Buch heraus. Sie setzt sich wieder zu mir, schlägt es auf und beginnt zu lesen.

*Rose ist eine Rose. Vor langer langer Zeit war die Welt rund und du konntest rundherum gehen immer rundherum.*

Gertrude rollt beim Vorlesen das R. Sie betont jeden Buchstaben.

*Überall war überall und nirgends und überall waren Männer Frauen Kinder Hunde Hasen Kühe Wildschweine kleine Kaninchen Katzen Eidechsen und Tiere. So war es damals. Und alle*

*Hunde Katzen Schafe Kaninchen und Eidechsen und Kinder alle
wollten allen alles davon erzählen und sie wollten alles von sich
erzählen. Und dann war da Rose. Rose war ihr Name und wäre sie
Rose gewesen, wenn ihr Name nicht Rose gewesen wäre. Das
dachte sie manchmal und wusste dass sie's immer wieder denken
musste. Wäre sie Rose gewesen wenn ihr Name nicht Rose gewesen
wäre und wäre sie Rose gewesen wenn sie ein Zwilling gewesen
wäre. Aber Jacke wie Hose ihr Name war Rose …*

Gertrude schlägt das Buch zu und lächelt. Ich bin sprachlos. Aber ich bin nicht blöd, ich merke schon, dass in diesen
merkwürdigen Sätzen etwas Besonderes drinsteckt.

»Wie geht es weiter?«, frage ich.

»Rose hat einen Hund namens Love und einen Cousin na-
mens Willie und es kommt ein blauer Löwe darin vor und
Rose besteigt einen Berg und schreibt ihren Namen in eine
Baumrinde. Sie schreibt: *Rose ist eine Rose.* Und weil der
Baum rund ist, schreibt sie immer weiter, sie schreibt: *Rose
ist eine Rose ist eine Rose ist eine Rose.*«

Ich überlege laut.

»Die Welt ist rund, ist rund, ist rund, ist rund und deswegen hört sie nie auf.«

Und Gertrude spricht weiter: »Alles, was schön ist, wiederholt sich immer wieder.«

»Aber auch alles, was schlecht ist, bleibt immer da. Denn
es gehört zur Welt.«

Gertrude und ich schauen uns an. Wir haben etwas he-
rausgefunden, das wissen wir. Etwas Ungeheuerliches. Etwas, das nicht jeder versteht. Auf einmal finde ich Gertrudes

Namen überhaupt nicht mehr albern. Im Gegenteil. Ich bin maßlos enttäuscht, dass ich nur Ina heiße.

»Kennst du eine Dichterin, die Ina heißt?«

Gertrude überlegt und schüttelt den Kopf. Und weil sie die Enttäuschung in meinem Gesicht sieht, fügt sie hinzu:

»Es gibt bestimmt eine. Wir müssen mal nachschauen. Aber vielleicht ist sie nicht so berühmt wie eine Gertrude Stein.«

Vor Aufregung stopfe ich mir den letzten Rest West-Gummitierchen in den Mund und dann fällt mein Blick auf den großen Wecker an Gertrudes Bett.

Ach du lieber Himmel! Es ist spät geworden und Mutti ist sicher längst zu Hause. Sie weiß gar nicht, wo ich bin. Ich muss sofort los. Schade. Gertrude steckt mir das Buch in den Ranzen und sagt:

»Geborgt.«

Ich wäre am liebsten noch Stunden hier geblieben und hätte mir von Gertrude vorlesen lassen über Rose, die eine Rose ist.


Ich fliege nach Hause. Aber es ist zu spät. Kaum bin ich im Treppenhaus oben angekommen, reißt Mutti die Tür auf, bevor ich den Schlüssel reinstecken kann. Sie hat hektische rote Flecken im Gesicht, ihre Augen funkeln wütend.

»Wo! Warst! Du!«

Ganz ehrlich, das finde ich jetzt übertrieben. Ich meine, ich bin ja kein Kleinkind mehr. Ich bin ja nicht mal mehr in der ersten Klasse. Ich bin 11 Jahre alt.

»Es ist alles in Ordnung, Mutti. Entschuldige, dass ich zu spät bin. Aber ich habe eine Freundin besucht. Ich habe die Zeit vergessen, weil es so schön war. Wolltest du nicht immer, dass ich mich öfter mit anderen Mädchen verabrede? Du magst es doch nicht, wenn ich die Nachmittage immer allein zu Hause hocke. Da hab ich nun einmal Gesellschaft und dann ist es auch wieder nicht richtig!«

Das hat gesessen. Mutti guckt irritiert aus der Wäsche. Bevor sie was sagen kann, falle ich ihr um den Hals, und wenn ich ganz ehrlich bin, tut mir das selber gut und deshalb bleibe ich da. Ich presse mein Gesicht in Muttis Hals und muss lächeln. Mutti schlingt die Arme um mich. Aber plötzlich schiebt sie mich weg von sich und hält mich vor sich hin, als würde sie einen frisch geschriebenen Brief begutachten, den sie gerade für ihren Chef aufgesetzt hat. Mutti schaut mich prüfend an. Aber ich bin kein Diktat, ich kann nicht aufhören zu lächeln.

»Ina!«

Mehr sagt Mutti erst einmal nicht. Sie schaut mich an und beginnt langsam, den Kopf zu schütteln.

»Ina, was ist mit dir los? Du bist so anders. Ist irgendwas?«

»Es ist alles in Ordnung. Entschuldige, dass ich zu spät bin. Ich hätte dir Bescheid sagen sollen.«

»Ist schon gut. Du warst bei einer Freundin? Aber das ist wirklich schön, Ina. Warst du bei Kathrin?«

»Kathrin? Bei der? Nee.« Ich lache. »Kathrin ist keine Freundin. Gertrude ist meine Freundin. Mutti, ich habe noch nie so eine gekannt wie Gertrude. Du kannst dir gar nicht vorstellen, wie anders bei ihr zu Hause alles ist. Aber alle sind nett. Und die Geschwister von Gertrude haben auch alle so komische Namen. Sie heißen nach Dichtern und Schriftstellern, von denen habe ich noch nie etwas gehört.«

»Moment!« Mutti stoppt meinen Redefluss. Ihr Griff um meine Oberarme wird fester.

»Du warst bei dieser Gertrude Leberecht? Bei ihr zu Hause?«

Die Antwort ist klar und deswegen sage ich nichts. Ich merke, wie mein Lächeln langsam zu zittern anfängt. Mutti nimmt mein Gesicht in beide Hände.

»Du magst sie?«

Ich nicke. »Es sind wirklich alle ganz nett bei ihr. Das musst du mir glauben.«

Mutti seufzt. »Darum geht es nicht, Ina. Ich glaube dir, dass sie nett sind. Warum sollten sie das nicht sein. Ach, Ina. Ich möchte so gern, dass du eine Freundin hast, aber bitte geh nicht mehr zu Gertrude nach Hause.«

»Warum? Mutti, warum?«

»Das ist kompliziert. Gertrudes Familie … ist, na ja, eben anders als wir. Sie haben andere Ansichten. Ich möchte nicht, dass du zu ihr nach Hause gehst.«

Andere Ansichten … Ich hasse es, wenn Erwachsene immer nur Andeutungen machen. Kindern braucht man ja nichts zu erklären.

»Was ist denn so schlimm an Gertrudes Familie?«

»Egal jetzt. Lass uns später drüber reden.«

Mutti wendet sich brüsk ab. Sie hat Nachdenkfalten auf der Stirn. Beim Abendbrot schaut sie mich prüfend an.

Sie merkt, dass ich mit meinen Gedanken völlig woanders bin. Sie legt eine Hand auf meine Wange und lächelt mich an.

Abends telefoniert Mutti wieder. Sie flüstert beim Telefonieren. Und auch das ist komisch. Denn normalerweise redet Mutti ganz laut, wenn sie telefoniert. Das macht sie automatisch. Ich glaube, das machen alle Erwachsenen, das Laut-Reden beim Telefonieren.

Als Mutti fertig ist mit Telefonieren, höre ich ihre Schritte im Flur. Sie kommen in meine Richtung. Mutti öffnet die Tür, sie klopft nicht an und sie sagt: »Ina, nur damit das klar ist, du gehst nicht mehr zu diesem Mädchen nach Hause. Verstehst du mich?«

»Dieses Mädchen«, äffe ich nach, »sie heißt Gertrude.«

»Kein Mensch heißt heutzutage noch Gertrude«, sagt Mutti.

»Aber sie ist meine Freundin!«, brülle ich zurück.

»Basta«, sagt Mutti. Und so endet dieser Tag mit einem Verbot. Verboten hat mir Mutti schon lange nichts mehr. Die Lage ist ernst.


Ich gehe früh ins Bett heute. Freiwillig. Im Bett kann ich gut nachdenken. Und lesen. Und natürlich lese ich in dem Buch, das Gertrude mir geborgt hat. Wenn ich ehrlich bin, so richtig verstehe ich das nicht, was diese Gertrude Stein da schreibt. Ich glaube, die hatte in Rechtschreibung eine Fünf, denn sie hat überhaupt keine Kommas gesetzt. Und manchmal hab ich das Gefühl, dass sie öfter nicht weiterwusste.

Dann hat sie einfach einen Reim auf das geschrieben, was in dem Satz vorher stand. Das hat sie vielleicht so lange gemacht, bis ihr wieder was Neues eingefallen ist. Aber irgendwie macht es trotzdem Spaß, das zu lesen. Laut. Also natürlich nicht laut, denn ich liege ja schon im Bett und Mutti würde sonst völlig verrückt werden, wenn sie das hören würde. Aber flüstern geht. Heute Abend flüstern wir beide, Mutti am Telefon und ich im Bett. Der Mond scheint durchs Fenster und ich flüstere den Text, den Gertrude Stein vor vielen Jahren geschrieben hat. Vorn hat jemand etwas mit Kugelschreiber in das Buch geschrieben. Ich kann es kaum lesen. Nur ein paar Worte: Herz, Gedanken, Mut und Paul. Auf dem Buchumschlag ist ein Foto von Gertrude Stein, der Dichterin. Sie ist ganz dick und hat raspelkurze Haare und sieht überhaupt nicht aus wie meine Gertrude. Ich denke an meine Gertrude, wie sie jetzt in ihrem Zimmer liegt und bestimmt schon schläft. Ich bin viel zu aufgeregt, um zu schlafen. Die Welt ist rund und ich weiß, dass etwas losgekullert ist in meinem Leben. Und weil die Welt rund ist, sie ist rund, rund, rund, rollt sie unaufhörlich weiter. Ich weiß nicht, wann es stoppt, und es ist mir egal. Ich bin glücklich.

# 3

Um Gertrude zum Lächeln zu bringen, schneide ich Grimassen. Gertrude muss kichern, denn ich kann richtig gut schielen. Leider hört auch Frau Wendler das Kichern.

»Fräulein Leberecht, was ist denn so lustig?«

Frau Wendler redet Gertrude nie mit ihrem Vornamen an. Ich glaube, sie kann Gertrude einfach nicht leiden. Und was soll Gertrude jetzt sagen?

Wenn sie sagt, dass sie über meine Grimassen gelacht hat, dann verrät sie mich, denn ich habe ja auch nicht aufgepasst. Aber das wäre mir egal.

»Entschuldigung, Frau Wendler. Ich musste an was Lustiges denken. Kommt nicht wieder vor.«

Ich hätte Gertrude küssen mögen. Aber Frau Wendler scheint diese Antwort nur noch mehr gegen Gertrude aufzubringen.

»Wenn es so lustig ist, dann lass uns doch alle daran teilhaben. Na los, sag schon.«

Frau Wendler scheint heute doppelt schlechte Laune zu haben. Die ganze Klasse ist auf einen Schlag mucksmäuschenstill. Alle starren Gertrude an. Ich kann von der Seite sehen, wie sie rot anläuft.

»Ach, ich weiß, was du uns erzählen kannst. Berichte doch mal deinen Mitschülern, wie die Welt entstanden ist.«

Schweigen. Und ganz ehrlich, ich weiß nicht, worauf das jetzt hinauslaufen soll. Die Welt ist mit dem Urknall entstanden, das weiß doch jeder. Aber Frau Wendler will wohl was anderes hören. Ihre zwei ekligen Falten am Mund werden immer tiefer und ziehen die Mundwinkel nach unten, als ob da zwei Gewichte dranhängen. »Na los, wir warten. Wie ist denn die Welt entstanden?«

Ich kann sehen, wie Gertrude tief atmet, ihre Schultern heben und senken sich. Und Gertrude beginnt tatsächlich zu sprechen. Dabei schaut sie Frau Wendler nicht an, sondern starrt auf den Tisch.

»Am Anfang schuf Gott Himmel und Erde. Und die Erde war wüst und leer, und es war finster auf der Tiefe; und der Geist Gottes schwebte auf dem Wasser. Und Gott sprach: Es werde Licht! Und es ward Licht. Und Gott sah, dass das Licht gut war. Da schied Gott das Licht von der Finsternis und nannte das Licht Tag und die Finsternis Nacht.«

Weiter kommt Gertrude nicht, denn Frau Wendler lacht. Sie lacht Gertrude aus. Einige aus der Klasse lachen mit, der Rest schweigt betreten. Ich lache auch nicht. Obwohl das, was Gertrude da eben erzählt hat, schon schräg ist. Unter der Schulbank suche ich Gertrudes Hand. Sie zittert leicht. Ich frage mich, wer sich gerade schlechter fühlt, Gertrude oder ich? Was bin ich für eine Freundin, die sie nicht einmal verteidigt, wenn sie von der halben Klasse und der Lehrerin dazu ausgelacht wird? Ich spüre meinen Bauch. Das ist komisch, denn normalerweise spürt man seinen Bauch nicht. Man hat ihn immer dabei, und wenn man nicht zu viel isst oder so, muss man eigentlich nie an ihn denken. Aber jetzt gerade braut sich da drinnen was zusammen, etwas Dunkles greift nach oben in Richtung Hals. Das ist wohl Angst. Aber wovor? Mir passiert doch nichts. Dann weiß ich es: Ich habe Angst um Gertrude. Kann Gertrude wirklich meine Freundin sein? Ich drücke Gertrudes Hand fester. Frau Wendler ist inzwischen längst wieder zu ihrem Unterricht zurückgekehrt. Einige aus der Klasse schauen noch zu uns rüber, auch Kathrin und Matze. Ich kann nicht sagen, was sie denken.

Als ich zu Gertrude schaue, sehe ich, wie eine Träne ihre Wange hinunterläuft. Ich könnte gleich mitheulen. Die Flut sitzt genau hinter meinen Augen. Aber bloß nicht, dann gucken wieder alle zu uns und Frau Wendler sagt am Ende nochmal was Blödes.

»Was war das, was du da aufgesagt hast?«, frage ich Gertrude in der Hofpause. Wir haben uns in eine stille Ecke verzogen.

»Das war der Anfang der Schöpfungsgeschichte aus der Bibel. Es geht darum, wie Gott die Welt erschaffen hat.«

»Hm.« Ich überlege.

»Ist das auch diese Geschichte mit Adam und Eva, mit dem Apfel?«

»Ja, das kommt auch noch.«

»Glaubst du das wirklich? Dass es so passiert ist?«

Endlich lächelt Gertrude wieder, wenn auch noch sehr zaghaft.

»Ich weiß auch nicht, ob das stimmt. Aber es ist eine der ältesten Geschichten überhaupt. Sie gehört dazu.« Und nach einer Pause: »Sie ist mir wichtig.«

»Was Frau Wendler da gemacht hat, fand ich richtig scheiße.« Ich sage absichtlich scheiße. Scheiße sagt man nicht, sagen alle, aber ich finde, manchmal geht es nicht ohne das Wort.

Gertrude nickt.

»Die Wendler ist einfach eine blöde Kuh. Dabei kann es der doch egal sein, was ihr glaubt.«

»Es ist bestimmt auch wegen Vater«, sagt Gertrude.

»Was ist mit ihm?«, frage ich.

Doch als Gertrude gerade antworten will, kommen drei, vier Idioten aus unserer Klasse angerannt und brüllen laut: »Der Gertruden-Geist schwebt auf dem Wasser! Der Gertruden-Geist schwebt auf dem Wasser! Zeig uns doch mal, wie du auf dem Wasser gehst!«

Da weiß ich jetzt doch, wen sie damit meinen. Das war doch dieser Jesus, der auf dem Wasser gehen konnte. Was natürlich nicht stimmt, denn niemand kann so was. Aber gut, es ist eben auch eine Geschichte.

Dann kommen andere aus unserer Klasse dazu und rufen:

44

»Haut ab!« Matze ist unter ihnen. Sie stellen sich demonstrativ neben uns. Das tut gut, aber jetzt erzählt Gertrude nicht weiter, weil die anderen da sind.

In der Stunde bekommen wir unsere Klassenarbeiten wieder. Gertrude hat eine Drei, obwohl sie weniger Fehler gemacht hat als ich. Und ich habe eine Zwei. Das ist so ungerecht, dass ich es kaum aushalte. Ich sitze in meiner Bank und die Wut kitzelt bis in meine Fingerspitzen. Trotzdem schaffe ich es nicht, meinen Arm zu heben. Mich einfach zu melden und zu sagen, dass Gertrude viel zu wenig Fehler für eine Drei hat, ich schaffe es nicht. Ich trau mich nicht.

Nach dem Unterricht können wir zwei gar nicht schnell genug das Schulgelände verlassen. Gertrude und ich laufen die Straße entlang. Wir schweigen. Als ich mich umdrehe und zurückblicke, kann ich oben in den Fenstern unseres Klassenzimmers sehen, dass Frau Wendler uns nachschaut. Sie beobachtet uns. Als ob wir etwas Verbotenes tun. Ich muss daran denken, was Mutti gesagt hat. Dass ich nicht mehr zu Gertrude nach Hause gehen soll.

Als wir dann an der Ecke ankommen, wo sich unsere Nachhausewege trennen, fragt Gertrude auch noch:

»Kommst du noch ein Stündchen mit zu mir?«

So ein Mist. Dabei würde ich nichts lieber tun als das. Aber ich kann doch Gertrude jetzt nicht erzählen, dass Mutti mir verboten hat, zu ihr nach Hause gehen. Was würde sie denn dann denken?! Aber was soll ich stattdessen sagen?

»Ich kann heute leider nicht«, sage ich und meine Stimme ist ganz piepsig. Ich merke, wie ich rot werde, und da ist schon wieder dieser nasse Schwamm in meinem Hals. Gertrude schaut mich traurig an. Sie sagt nichts, aber für mich fühlt sich ihr Blick wie eine Frage an.

»Ich … ich hab versprochen, heute einkaufen zu gehen. Und Staub zu wischen.«

Gertrude nickt. Oh nein, ist das furchtbar. Einkaufen gehen und Staub wischen, das schaffe ich in einer halben Stunde! Deswegen muss ich keine Verabredung absagen und das weiß Gertrude auch. Aber Gertrude nickt noch einmal, sagt nichts mehr und sieht noch trauriger aus. Sie hebt kurz die Hand zum Abschied, winken kann man das nicht nennen, und dann geht sie einfach.

»Nächstes Mal wieder, ja, Gertrude!«, rufe ich ihr hinterher und weiß, dass das ja auch schon wieder eine knallharte Lüge ist. Gertrude scheint es auch zu wissen, denn sie geht nicht auf diesen Vorschlag ein. Wütend stapfe ich nach Hause.

Zu Hause ist meine Wut doppelt so dick. Eigentlich verraucht Wut, wenn sie eine Weile da ist. Sie wird dann weniger, einfach weil sie nicht so einen langen Atem hat wie Freude, finde ich. Aber heute ist das anders. Ich fühl mich so schlecht. Anstatt Gertrude, meine beste, meine allerliebste Freundin, zu trösten, sitze ich hier und habe sie dazu auch noch angelogen. Und das nur, weil Mutti nicht will, dass ich zu ihr gehe. Was ist denn nur so schlimm daran, dass Gertrude in der Kirche ist? »Es ist bestimmt auch wegen Vater« – Gertrudes Worte fallen mir wieder ein. Was hat Kathrin gesagt, er habe mit seinen Gedichten die DDR schlechtgemacht? Ich hätte bei Gertrude bleiben sollen. Das war so fies, was die Wendler heute abgezogen hat. Wenn Gertrude an die Bibel glaubt, dann ist das doch ihre Sache. Deshalb darf man sie doch nicht vor anderen so lächerlich machen. Ich kann mich vor Wut auf nichts konzentrieren. An Hausaufgaben ist nicht zu denken. An Staubwischen auch nicht.

Dabei würde Mutti ihre Freundin nie im Stich lassen, wenn die so etwas Schlimmes erlebt hätte.

Und da ist er! Der Gedanke der Rettung! Ich bleibe kerzengerade stehen, als hätte sich meine Idee in mir drin ganz lang gemacht. Das muss Mutti einfach verstehen. Es geht um eine Freundin. Freundinnen halten zusammen, das weiß sie doch. Und das duldet jetzt keinen Aufschub! Ich geh jetzt einfach zu Mutti in den Betrieb und erkläre es ihr noch einmal. Ich frage sie, ob ich nicht doch Gertrude besuchen kann, weil es ihr doch schlecht geht. Weil sie eine Freundin ist. Das werde ich auf der Stelle tun und Mutti wird sehen, dass es mir ernst ist, wenn ich extra zu ihr in den Betrieb komme, um zu fragen. Sie mag es nämlich nicht, wenn ich so oft in den Betrieb komme, bei der Arbeit will sie ihre Ruhe. Aber die Sache ist absolut dringend. Sonst kann ich nicht schlafen. Sie wird einsehen, dass sie mir nicht einfach meine Freundin verbieten kann.

Bevor ich in den Betrieb hineingehe, muss ich mich vorn beim Pförtner melden. Es darf niemand einfach so auf das Betriebsgelände spazieren. Seit ich laufen kann und Mutti im

Betrieb besuche, ist es übrigens derselbe Pförtner. Er ist immer gleich alt und sieht immer gleich aus. Weil es heute warm ist, schwitzt er. Aber freundlich ist er trotzdem. Obwohl er sich sicher unglaublich langweilt. Denn er sitzt einfach nur so in seiner gläsernen Kabine. Er muss nichts weiter tun. Als ich durch das ovale Fensterchen gucke, kann ich ein Kreuzworträtselheft auf seinem Tisch sehen. Der Pförtner bemerkt meinen Blick und schmunzelt. Es gibt nicht viele Menschen, auf die das Wort schmunzeln passt. Die meisten lächeln oder grinsen, aber schmunzeln können nicht alle. Aber der Pförtner hier kann es richtig gut.

»Nachname des ersten Menschen im Weltraum, sieben Buchstaben«, fragt mich der Pförtner.

»Juri Gagarin«, sage ich, als er noch gar nicht zu Ende gesprochen hat. »Also Gagarin, die wollen ja nur den Nachnamen.«

»Gut gemacht!« Der Pförtner schmunzelt und winkt mich durch. Den Weg zu Muttis Büro kenn ich auswendig. An der ersten Werkhalle vorbei, hinein in den Bürokomplex I, dritter Stock. Im Bürokomplex hängt ein riesiges Gemälde an einer Wand. Es sind lauter Arbeiter in blauer Arbeitskleidung darauf zu sehen. Ein Arbeiter mit Hammer, Arbeiter, die an Maschinen stehen. Die Frauen tragen ein Kopftuch und lachen. Die Menschen sehen grob aus, was sicher daran liegt, wie sie gemalt sind. Sie haben große Hände und dicke Lippen, komisch irgendwie. Das Bild ist merkwürdig. Ich habe noch nie Männer und Frauen in echt gesehen, die so aussehen.

Mutti sitzt mitten im Vorzimmer vom Abteilungschef für ökonomische Planung. Wer zum Chef will, muss erst durch Muttis Zimmer hindurch, sie darf darüber bestimmen, wer zum Chef reingeht und wer nicht. Ich klopfe an. Mutti hat gesagt, ich soll immer anklopfen, auch wenn ich ihre Tochter bin. Ich klopfe noch einmal, aber diesmal ruft sie nicht »Herein!« wie sonst immer. Vorsichtig öffne ich die Tür. Ihr Schreibtisch ist leer. Sicher kommt sie gleich wieder, ich warte einfach. Ich weiß, dass sie das eigentlich nicht mag. Manchmal habe ich das Gefühl, sie will etwas vor mir verstecken, weil sie immer sagt, ich soll nicht einfach ohne Anklopfen in ihr Büro kommen. Aber das finde ich albern. Ich jedenfalls geh jetzt hinein, denn ich muss sie schließlich was Wichtiges fragen. Leise schließe ich die Tür von innen, der Chef soll mich nicht hören, er kommt dann nämlich immer raus und sagt so blöde Sachen wie: »Oh, die Ina. Ist ja schon eine junge Dame geworden.« Ich hasse das.

Als ich mich gerade auf Muttis Stuhl setzen will, höre ich Stimmen. Das ist doch Mutti! Ich kann ganz deutlich ihre Stimme erkennen! Und nun sehe ich, dass die Tür zum Zimmer des Chefs nur angelehnt ist. Die Stimmen dringen aus dem Chefzimmer. Ich gehe ein paar Schritte auf sie zu und nun – oh Schreck – sie weint. Ich höre ganz deutlich Muttis typische Schluchzer.

»Karla«, murmelt der Chef. Sonst sagt er immer »Frau Damaschke«.

»Ich kann doch nicht raus aus meiner Haut«, sagt er dann.

Häh? Worüber reden die? Jetzt schnaubt sich Mutti die

Nase. Mit tränenerstickter Stimme sagt sie: »Ich warte schon so lange, Gerd.«

Gerd??? Normalerweise sagt Mutti »Herr Mertens« zu ihrem Chef.

»Seit Jahren vertröstest du mich. Wie stehe ich denn da vor den Genossen? Jeder weiß es. Ich kann nicht länger warten. Ich denke, du liebst mich.«

Na, jetzt schlägt's aber dreizehn! Lieben! Diesen Blödmann! Igitt!

»Das tue ich doch auch, mein Schatz«, murmelt Herr Mertens jetzt.

Entweder wütet draußen grad jemand mit einem überdimensionalen Presslufthammer in der Erde oder die Wände wackeln nur in meiner Einbildung. Das will ich nicht! Ich will nicht, dass Mutti diesen Herrn Mertens liebt. Ich weiß nicht, warum, aber ich habe das Gefühl, es ist nicht gut. Denn jetzt fällt mir auch wieder ein, dass der Chef eine Frau hat. Arme Mutti. Oder doch nicht arme Mutti? Sie hat mir das die ganze Zeit verheimlicht. Und wann wollte sie es mir sagen? Und was mache ich jetzt? Ich kann doch jetzt nicht fragen, ob ich ausnahmsweise Gertrude besuchen darf, weil es ihr schlecht geht. Ich habe auf einmal das Gefühl, dass der Chef das überhaupt nicht wissen sollte, was ich Mutti fragen will. Was soll ich sagen, wenn Mutti verheult zurück in ihr Zimmer kommt? Dass ich nur mal so vorbeischauen wollte? Das glaubt sie mir doch nicht! Ich muss ganz schnell weg hier. Eilig schleiche ich mich wieder hinaus, stürme die Treppen hinunter, vorbei an der Werkhalle, vor der gerade eine Gruppe Lehrlinge steht und mir hinterhergrölt. Als ich an dem Pförtner vorbeirenne, schaut der mich ganz komisch an. Und jetzt merke ich, dass auch mir Tränen die Wangen hinunterlaufen. Um mich herum verschwimmt alles. Wollte sie mir irgendwann davon erzählen? Oder sollte das ein Geheimnis bleiben? Aber bei mir heißt es, ich soll immer schön die Wahrheit sagen. Gilt ja wohl nicht für sie. Deswegen ist Mutti wahrscheinlich manchmal so abwesend am Abend. Deswegen soll ich mich von ihrer Arbeit fernhalten. Deswegen kommt sie immer so spät nach Hause! Wegen diesem ekligen Herrn Mertens. Toll, und mir verbietet sie, Gertrude zu besuchen, weil es angeblich nicht gut sein soll, wenn man mit Gertrudes Familie Kontakt hat, und selber – tut sie etwas Verbotenes. Dieser Herr Mertens hat schon eine Frau. Das ist doch alles nicht in Ordnung, so, wie es läuft. Wie kann sie sich in so einen Lackaffen verlieben? Ich finde den doof. Vielleicht sollte jemand der Frau von dem Chef sagen, dass er eine andere hat, wenn er das selber nicht schafft? Aber dann ist die Frau vom Chef sauer auf Mutti, und das will ich auch nicht. Niemand darf sauer auf Mutti sein – außer mir natürlich. Und was ist, wenn er Mutti gar nicht liebt und Mutti nur glaubt, der Chef liebt sie? Ich habe mal einen Film gesehen, da hat sich eine in einen verliebt und der hat sie die ganze Zeit angelogen, das war schrecklich. Ansonsten kenne ich mich mit diesem Liebe-Kram nicht aus, ich weiß nur, dass Muttis Stimme unvorstellbar traurig und verzweifelt klang. So kenne ich sie gar nicht. Was soll ich denn jetzt nur machen? Und was mache ich jetzt mit Gertrude?

Unterwegs biege ich links ab. Da ist ein verwunschener kleiner Platz mit lauter Garagen. Die Garagen stehen sich in einer Reihe gegenüber, ganz brav. Manche Garagentüren sind neu gestrichen, an manchen blättert die Farbe ab. Hinter den Garagen ist eine kleine Wildnis, weil hier niemand den Rasen mäht. Und zwischen den Garagen befindet sich jeweils ein kleiner Abstand. Wenn die Wellblech- oder Dachpappendächer weit überstehen, dann sind da richtige kleine Höhlen in den Zwischenräumen, zugewuchert mit wilden Gräsern und Pflanzen. Ich habe schon Stunden in einem dieser Verstecke gesessen und nachgedacht. So einen Platz braucht man. Manchmal habe ich das Gefühl, auch die Garagenbesitzer nutzen ihre Garage eher als Versteck anstatt nur als Zuhause für ihr Auto. Sie kommen und räumen ewig in ihren Garagen herum oder sitzen einfach nur auf einem Campingstuhl in der Auffahrt und trinken ein Bier. Und schweigen. Es ist ein verschwiegener Ort, durchzogen von Benzingeruch.

Ich sitze also in so einem schattigen Versteck. Mein Rücken lehnt an der einen Garage, die Füße habe ich an die gegenüberliegende gestellt. Ein Käfer krabbelt auf meinem Schienbein herum. Ob Gertrude dieser Ort gefallen würde? Ich muss ihn ihr zeigen. Ihr würde ich mein Versteck zeigen, sonst keinem. Aber wann soll ich das machen? Wie soll ich Gertrudes Freundin sein, wenn ich nicht einmal zu ihr nach Hause darf? Wie soll ich mit ihr Zeit verbringen? Jetzt muss ich mich eigentlich um Mutti kümmern, weil sie so traurig ist. Ob diese Vera, also Gertrudes Mutter, eine Freundin für Mutti wäre?

Die sind so verschieden. Aber nett hat sie ausgesehen, Gertrudes Mutter. Und Mutti ist ja auch nett. Na ja, wer weiß schon, welche Freunde sich die anderen aussuchen. Ob Gertrudes Eltern auch etwas dagegen hätten, wenn ich Gertrude mit hierhernehmen würde? Diese Frage ist irgendwie neu. Aber es steckt etwas in dieser Frage, was mich aufhorchen lässt. Abrupt lasse ich die Beine von der Garagenwand hinabgleiten. Vielleicht muss ich einfach nur den Spieß umdrehen? Wenn ich nicht zu Gertrude darf, dann kommt sie eben zu mir, ist doch ganz einfach. Hey! Das ist es! Die Lösung! So werde ich es machen. Mir kribbelt es gleich überall. So ist das, wenn man eine gute Idee hat. Die Aufregung kriecht bis in die Fingerspitzen. Meine gute Idee!

Plötzlich öffnet sich eine der Garagentüren, ich höre es an dem Scharren der Tür auf dem Kiesweg. Vorsichtig schaue ich um die Ecke. Nicht alle Garagenbesitzer sind nett. Aber das ist Andi, den mag ich. Andi hat kein Auto, nur ein Moped. Ich stehe auf und gehe zu ihm.

»Hi, Süße«, sagt Andi. Das sagt er immer zu mir und mir gefällt das. Niemand sonst sagt so was zu mir. Vielleicht ist es ein bisschen albern, aber wenn Andi es sagt, klingt es nicht albern. Ihm glaube ich manche Dinge eher als anderen. Er hat lange Haare und sieht eigentlich richtig gut aus. Er hat sein Moped aus der Garage gerollt und schraubt an ihm herum.

»Suchst du auch die Ruhe?«, fragt Andi. »Willste 'nen Schluck?« Er reicht mir seine Bierflasche.

»Nee«, sag ich. »Ich trinke kein Bier. Bin ich noch zu klein.«

Andi lächelt. Er bietet mir jedes Mal Bier an und lächelt immer, wenn ich es ablehne. »Es ist gut, dass du nach festen Prinzipien lebst, Süße«, hat er mal gesagt. »Kein Bier, bis du groß genug bist, das machst du ganz richtig.« Bei Andi fühle ich mich immer ein bisschen erwachsen.

»Du?«, frage ich. »Stell dir vor, da gibt es eine Sache, die verboten ist. Aber du findest einen Weg, wie du das Verbot umgehen kannst. Also, es ist nicht so richtig richtig, verstehst du, weil, eigentlich ist die Sache nicht in Ordnung, weil es eben verboten ist, aber wenn du es irgendwie anstellst, also wenn du Plan B überlegst, und wenn du dir das vorstellst, dann wirst du plötzlich aufgeregt, dir wird heiß und so, weil es eine besondere Idee ist, also, dann kann es doch nicht so falsch sein, oder?«

Geduldig hört Andi mir zu. Ich bin fürs Erste fertig, kicke einen größeren Kiesel mit der Schuhspitze weg und seufze. Und Andi? Der lächelt. Ein bisschen erinnert mich das an Gertrude, dieses Lächeln. Andi gehört zu den Leuten, die man nicht mit Gequassel unterbrechen muss, weil sie selber gar nicht viel sagen, was nicht schlimm ist, denn alles, was Andi sagt, hat Hand und Fuß. Und jetzt sagt er:

»So, wie du dich entscheidest, Süße, wird es richtig sein. Absolut. Mach es so, wie du denkst. Dann ist es gut.«

Ich starre ihn an. Das war eine typische Andi-Antwort.

»Meinst du? Auch wenn …«

»So, wie du denkst, ist es absolut richtig.«

Ich blicke auf Andis lange blonde Haare, wie sie sich auf seinen Jeansjackenschultern ringeln. Und dann fällt mir ein Satz aus dieser Geschichte von Gertrude Stein ein:

*»Niemand will das machen was irgendjemand anders gemacht haben will.«*

Ich muss grinsen.

»Ist das von dir?«, fragt Andi.

»Nee, von Gertrude Stein. Eine dicke Dichterin, die schon lange tot ist.«

Andi lacht. Und dann sagt er was, dafür würde ich ihn am liebsten umarmen: »Du bist nicht nur süß, du bist auch noch verdammt klug. Bleib es.«


Und jetzt weiß ich auch, was ich mache. Ich fange an zu rennen. So richtig zu rennen. Von jetzt auf sofort. Schon nach wenigen Minuten bin ich aus der Puste, aber ich höre nicht auf. Unterwegs renne ich fast Kathrin um, die völlig verdattert stehen bleibt und vergisst, an ihrem Softeis zu lecken. Dabei hat sie schon den Mund geöffnet, aber vergessen, ihn wieder zu schließen. Ich drehe ihr eine lange Nase.

Ich renne und renne. Ich merke, wie mein Gesicht immer röter wird. Mein Herz pulsiert bis in die Ohren, es klopft sogar bedrohlich gegen mein Kopfinneres, sicher ist es ihm in meiner Brust zu eng. Ich renne durch die halbe Stadt, hinunter zum Domplatz. Ich will Gertrude nicht besuchen, nein, das soll ich ja nicht. Aber ich will ihr etwas sagen. Das hat mir keiner verboten. Ich rase die Stufen zu ihrem Hauseingang hoch und klingele bei Leberecht. Ich bin völlig außer Atem, ich kann nichts sagen. Auch nicht, als die Tür von einem großen Jungen geöffnet wird. Das muss Theodor, Wilhelm oder Gotthold sein. Ich starre ihn mit aufgerissenen Augen an und ich bestehe nur aus Atmen und ich sehe in seinem Gesicht, dass er denkt, dass ich einen Vollknall habe. Dann taucht hinter ihm Gertrude auf, sie sieht mich mit ihren sanften Augen an und lässt sich von meinem Atemkoller überhaupt nicht aus der Ruhe bringen. Keine Spur von Ungeduld.

»Willst du reinkommen?«, fragt sie.

Ich schüttele den Kopf und keuche immer noch. Sie lässt mich in aller Ruhe wieder zu Luft kommen und dann sage ich ihr, dass ich möchte, dass sie morgen nach der Schule mit zu mir kommt, denn das hat Mutti mir ja nicht verboten. Dass ich zu Gertrude gehe, schon, aber nicht umgekehrt, dass ich hoffe, dass es ihr trotz des heutigen Schultages gut geht, dass ich sie heute nicht allein lassen wollte, aber dass alles nicht so einfach ist und dass ich gern ihre Freundin bin, aber jetzt muss ich wieder los, weil ich immer noch nicht eingekauft habe und mal langsam in die Puschen kommen muss.

Gertrude lächelt. Was auch sonst? Ich schaue zu Gertrudes Bruder. Theodor, Wilhelm oder Gotthold schaut Gertrude fragend von der Seite an. Gertrude aber kommt zwei Stufen herunter zu mir, sie drückt mich und flüstert: »Danke. Bis morgen, Ina.«

Ich renne zurück nach Hause. Jetzt hab ich mich eingerannt. Ich könnte bis heute Abend durchrennen.

Als Mutti abends nach Hause kommt, ist sie ganz still. Ihre Augen sind rot. Sie tut so, als wär nichts, und ich komm mir ganz schön blöd vor. Ich frage: »Und, wie war's heute?« Und sie sagt: »Alles wie immer, Schatz. Hast du alle Hausaufgaben gemacht?« Toll. Als ob Hausaufgaben im Moment wichtig wären. Sie hat mir nichts erzählt, gar nichts. Sie denkt ja, ich weiß von nichts. Wieso denken die Erwachsenen eigentlich immer, Kinder würden nichts mitkriegen? Ich bin doch nicht doof.

**4** Ich hab schlecht geschlafen. Und ich hatte einen merkwürdigen Traum. Die Welt, auf der ich lebte, war so rund, dass ich immer wieder abgerutscht bin. Hinten stand Gertrude, und ich wollte zu ihr laufen, aber ich bin immer wieder zur Seite weggerutscht, weil die Welt so rund war. Dann war da Frau Wendler, die hat in die Rinde eines Baumes *Ina+Gertrude* geritzt und alle haben gelacht. Mutti klebte unten auf der anderen Seite der Welt, und immer, wenn ich zu ihr wollte, bin ich vorbeigefallen, weil die kleine Welt, auf der wir uns befanden, einfach zu rund war. Manchmal sind ein paar Ecken und Kanten vielleicht doch nicht schlecht. Ich bin froh, dass die Nacht vorbei ist. Es hat geregnet, die kleinen, übrig gebliebenen Pfützen duften nach Sommer. Ein schöner Morgen, aber ich denke nur an Gertrude. Sie sitzt schon in unserer Bank, als ich das Klassenzimmer betrete, und als ich zu ihr hingehe, erschreckt sie sich, so wie sich Gertrude immer erschreckt. Mit einem kleinen Ruck schnipsen ihre Schultern ganz schnell hoch und dann gleich wieder runter und dann atmet sie erleichtert auf, weil es nichts Schlimmes ist. Ich setze mich und wir tauschen einen Blick und wir wissen, dass wir zusammenhalten.

Die ersten beiden Stunden rauschen vorbei. Frau Wendler ist nicht so eklig wie sonst, vielleicht hat sie auch schlecht geschlafen und ist müde. In der Hofpause suchen Gertrude und ich ein stilles Plätzchen, hinten am Kellereingang, wo die Tonnen für das Altpapier stehen.

»Kommst du heute zu mir?«, frage ich.

Gertrude nickt.

»Was sagen deine Eltern zu der Drei, die du gestern in der Arbeit bekommen hast?«

»Was sollen sie sagen?«

»Du weißt schon, das ist ungerecht!« Meine Stimme wird lauter.

Gertrude nickt. »Ich weiß, Ina. Es ist nicht die einzige Ungerechtigkeit. Wir müssen uns dran gewöhnen, sagt Mutter.«

Dass Gertrude »Mutter« und nicht »Mutti« sagt, daran werde ich mich nie gewöhnen. Und an Ungerechtigkeiten kann man sich doch erst recht nicht gewöhnen! Wie soll das gehen?

»Man kann sich doch nicht an Ungerechtigkeiten gewöhnen!«, sage ich laut.

»Du hast doch gestern auch nichts gesagt«, antwortet Gertrude.

Das hat gesessen. Aber Gertrude legt gleich ihre Hand auf meinen Arm.

»Das war kein Vorwurf. Es ist, wie es ist.«

Plötzlich raschelt etwas hinter den Tonnen. Oder bilde ich mir das ein? Da ist doch gerade jemand weggehuscht, oder spinne ich? Hat uns jemand belauscht? Wer könnte das sein? Gertrude schaut mich ängstlich an und zieht mich am Ärmel fort.

In den nächsten Stunden habe ich immer wieder das Gefühl, dass Frau Wendler zu uns rüberschielt. Bestimmt täusche ich mich, aber es ist halt so ein Gefühl. Als wir von der zweiten Hofpause kommen, hat jemand meinen Aufkleber, den mir Gertrude geschenkt hat, abgerissen. Wortlos zeige ich ihr die leere Stelle auf meiner Federtasche, an der jetzt ein klebriger Fleck ist.

»War doch nur ein Aufkleber«, flüstert Gertrude.

Aber es war ein Aufkleber, den mir Gertrude geschenkt hat, und er klebte auf meiner Federtasche. Niemand darf ihn einfach so abmachen.

Stumm deutet Gertrude auf ihren Hefter. Ihr Aufkleber ist noch drauf, ein Mädchen mit ganz vielen Rosen drum herum. Jemand hat eine riesige Fratze danebengemalt und Wörter hingeschrieben, die man lieber nicht laut liest.

Wer macht so etwas? Das ist eklig und blöd. Und natürlich ist derjenige zu feige, das zuzugeben. Aus Protest rede ich den ganzen Schultag nicht mehr, nur mit Gertrude. Ich melde mich nicht und arbeite nicht mit. Am Ende des Schultages kommt Frau Wendler zu mir.

»Deine Leistungen rutschen ab, Ina, du arbeitest nicht mehr mit. Hat jemand schlechten Einfluss auf dich? Wenn das nicht besser wird, müssen wir über dich beraten.«

»Wir«! Wer ist »wir«? Die Klasse? Die Schule? Ich weiß es nicht. Ich weiß nur, dass ich mich noch nie so elend gefühlt habe in der Schule und heilfroh bin, als Gertrude und ich endlich hier rauskönnen.

»Du kommst wirklich zu mir?! Jetzt gleich?!«

Gertrude lächelt immer wieder. »Hab ich doch gesagt. Ich komme mit dir.«

Sie schaut sich ständig um und das verunsichert mich.

»Was hast du?«

»Nichts.«

»Stimmt was nicht?«

»Nein, alles in Ordnung!«

Als wir am Fritz-Heckert-Neubaugebiet ankommen, guckt Gertrude ganz schön irritiert aus der Wäsche.

»Hier findest du dich zurecht? Sieht ja alles gleich aus!«

»Quatsch«, sage ich. »Bist du nur nicht gewöhnt mit eurem alten Haus. Schau, jeder Hauseingang hat eine andere Nummer.«

Gertrude lacht auf und knufft mich in die Seite. Dann stehen wir an unserem Haus und sie legt bedächtig den Kopf in den Nacken, dabei öffnet sich ihr Zopfhalter und Gertrudes glänzende braune Haare fließen über ihren Rücken. Das sieht schön aus.

»Huch«, sagt sie, begleitet von einem kleinen Erschrecker. »Der Zopfhalter ist kaputt.«

»Ich kann dir oben einen neuen geben.«

»Alle haben weiße Gardinen an den Fenstern«, stellt Gertrude fest. Ich zucke mit den Schultern. Ist doch normal. Aber dann fällt mir ein, dass bei Gertrude im Wohnzimmer keine Gardinen hingen, das war mir bei meinem Besuch gleich aufgefallen. Das ist ungewöhnlich. Ich kenne nur Wohnungen, in denen alle Fenster zugehängt sind. Und ich weiß noch, wie Mutti sich mal aufgeregt hat, als sie gehört hat, dass Frau Speckmantel aus dem Konsum erzählt habe, dass unsere Gardinen »auch schon mal sauberer waren«. Mir ist es eigentlich egal, ob Gardinen am Fenster sind oder nicht. Ohne Gardinen ist es schön hell. Nur abends ziehe ich gern die Vorhänge zu, denn sonst kann ja jeder reinschauen.

Wir gehen hinauf.

Gertrude ist begeistert von Leo und Lieschen. Immer wieder hält sie ihnen Löwenzahnblätter hin, die wir mit heraufgebracht haben, und kichert, wenn eins der Meerschweinchen in wenigen Sekunden ein ganzes Blatt wegschnupselt und dann zufrieden knattert. Während Gertrude mit den Meerschweinchen beschäftigt ist, koche ich Kakao für uns. Ich überlege, was ich noch alles machen kann, damit ich eine gute Gastgeberin bin. Ich habe nämlich keine Übung darin. Es ist tatsächlich schon sehr lange her, dass ich Besuch hatte. Jetzt, da Gertrude in meinem Zimmer steht und darin ganz fremd aussieht, fällt mir erst auf, wie allein ich immer bin.

»Deine Mutter hat dir verboten, mich zu besuchen?«, fragt Gertrude plötzlich. Sie hält die Tasse mit beiden Händen fest und sieht aus dem Fenster.

»Was?«, frage ich und fühle mich überrumpelt.

Jetzt dreht sich Gertrude um.

»Na gestern, als du bei uns geklingelt hast und so außer Atem warst, da hast du es gesagt.«

Ich schäme mich. Ich winke ab.

»Hab ich nicht so gemeint. Wirklich …«

»Nein!«, unterbricht mich Gertrude. »Kannst es ruhig sagen. Ich verstehe es ja. Natürlich will deine Mutter nicht, dass du zu mir kommst, denn das schafft euch nur Probleme.«

Gertrude schaut mich nun ganz ernst an, ihre blauen Augen fixieren mich, sodass ich nicht weggukken kann. Und dann schaut sie sich kurz im Raum um, was eigentlich albern ist, denn es ist niemand außer uns beiden hier, und dann flüstert sie:

»Bestimmt weiß sie es, so etwas spricht sich rum. Aber du weißt es noch nicht. Ina, meine Eltern haben einen Ausreiseantrag gestellt.«

Wumm. Das muss ich erst mal verdauen. Ausreiseantrag. Dieses Wort, es klingt, als hätte es einen dunklen Mantel an. Ich habe bisher noch keinen gekannt, der einen Ausreiseantrag gestellt hat. Der für immer dieses Land verlassen und nie wiederkommen will.

»Ihr wollt in den Westen abhauen? Warum?«

Ich plumpse enttäuscht auf die Couch und stelle mir vor,

wie mein Leben aussieht, wenn Gertrude wieder weg ist. Ein Ausreiseantrag. Was heißt das? Wie lange wird Gertrude noch hier sein?

»Vater möchte zu seinem Bruder. Ich hab dir doch erzählt, dass mein Onkel ausgereist ist. Wir dürfen ihn nicht besuchen. Und meine Eltern sind nicht einverstanden damit, wie wir in diesem Land leben müssen.«

»Wie ihr leben müsst?«

»Weißt du, mein Vater ist Dichter.«

Stimmt, das hatte Mutti erwähnt.

»Er hat Gedichte geschrieben, die nicht allen gefallen haben. Genauso wie bei seinem Lieblingssänger. Den haben sie letztes Jahr nicht mehr zurück in die DDR gelassen. Er hatte ein Konzert im Westen, und dann durfte er einfach nicht mehr zurück. Damit hier niemand mehr seine kritischen Liedtexte hört. Und jetzt darf Vater seit dem Ausreiseantrag auch keine Gedichte mehr veröffentlichen.«

Das glaube ich einfach nicht. Wie soll denn das gehen? Wenn einer plötzlich ein Gedicht im Kopf hat, eine Idee, dann muss er die doch aufschreiben, er muss sie aus seinem Kopf rausholen und aufschreiben. Und dann soll das niemand lesen dürfen? Was wäre, wenn es Gertrude Steins »Die Welt ist rund« nie als Buch gegeben hätte? Dann hätten Gertrude und ich das nie lesen können. Nicht auszudenken.

»Aber was steht denn in den Gedichten deines Vaters?«

Gertrude setzt sich gerade hin und legt die Beine in den Schneidersitz. »Er schreibt von Freiheit, dass jeder Mensch freie Entscheidungen treffen sollte. Über sein Leben. Und darüber, dass jeder Mensch andere Menschen treffen sollte, egal, wo sie wohnen.«

Ich schlucke. Das klingt doch alles gut.

»Und das haben sie verboten? Wer denn überhaupt genau?«

»Na, die das Sagen haben. Der Staat. Die DDR. Die, die die Macht haben. Und weißt du, die Sache ist, obwohl es ihm verboten ist, liest Vater seine Gedichte trotzdem öffentlich, bei uns in der Kirche. Er macht es einfach, weil er nicht anders kann. Und jedes Mal kommen immer mehr Leute, die ihm zuhören wollen.«

Noch nie hat jemand so mit mir geredet. Ich starre Gertrude an und ich weiß, dass sie mir Ungeheuerliches erzählt. Und da ist wieder diese Angst, die von unten nach oben steigt, denn ich ahne, dass all das, was mir Gertrude erzählt, mich zu ihrer Verbündeten macht. Ich weiß nicht, ob ich das kann. Ich weiß nicht, wie ich damit umgehen soll. Gertrude schweigt jetzt. Umständlich bindet sie ihre Haare wieder zu einem Zopf und benutzt den Zopfhalter, den ich ihr hingelegt habe. Er ist blau mit einem weißen Anker darauf. Ich habe ganz viele davon. Eine ganze Zeit sitzen wir so schweigend zusammen.

»Manchmal ist alles so schwer, Ina.« Plötzlich sagt Gertrude das und ihre Augen füllen sich mit Tränen. Das halt ich nicht aus. Ich rutsche hin und her auf meinem Stuhl. Es ist die Aufregung. Alles ist so wild in meinem Kopf, dass es sich dreht.

Gertrude steht auf und geht im Zimmer auf und ab. Sie ist auch aufgeregt. Sie ist noch nicht fertig mit dem, was sie sagen will, das kann ich sehen. Ich bleibe einfach still und schaue sie an. Ich schaue sie so gern an.

»Sie haben Gotthold verboten, auf die Erweiterte Oberschule zu gehen. Er darf nicht mal sein Abitur machen. Als Strafe dafür, dass mein Vater Gedichte schreibt. Und weil wir wegwollen.« Gertrudes Stimme ist heiser geworden.

Ich starre Gertrude entsetzt an und muss schlucken, und es ist laut, mein Schlucken. Es dröhnt im Zimmer. Ein Tischtennisball steckt in meinem Hals, und immer, wenn ich schlucke, spielt er Pingpong in mir drin. Ich kann nichts mehr sagen, ich bin sprachlos. Ich fühle mich überrannt. Noch nie hat jemand so mit mir geredet, über solche Dinge. Noch nie hat jemand mir gegenüber sowas ausgesprochen. Aber ich weiß, was Gertrude erzählt, ist wahr.

»Seit dem Berufsverbot, also seit Vater nicht mehr veröffentlichen darf, hilft er in der Kirchengemeinde aus. Er ist dort ›Mädchen für alles‹. Wir sind auf jeden Pfennig angewiesen, du weißt ja, ich hab vier Geschwister. Mein Onkel schickt uns viel aus dem Westen, aber meistens sind die Pakete und Briefe geöffnet und durchwühlt, oft fehlen Dinge. Die Stasi beobachtet uns. Meine Mutter kann nur wenig von ihren Keramiksachen verkaufen. Und an meiner letzten Schule war auch so ein blöder Lehrer. Der wollte mich weghaben, deswegen bin ich an deine Schule versetzt worden. Der war froh, als er mich los war. Weil ich kein guter Umgang für die anderen bin.«

Jetzt kann Gertrude nicht mehr weiterreden. Sie steht in meinem Zimmer, zittert und weint. Ich stehe auf und umarme Gertrude ganz fest. So fest ich kann. Ich höre, wie Gertrude in mein Ohr murmelt: »Und jetzt habe ich dich auch noch in den ganzen Schlamassel hereingezogen.« Ich sage nichts dazu. Wir setzen uns auf den Rand meines Bettes und starren zusammen auf das Teppichmuster. Gertrude nimmt meine Hand und redet weiter, leiser als vorher.

»Ich hatte früher auch Freundinnen in meiner Klasse. Einige von ihnen haben mich dann nicht mehr beachtet, ich war plötzlich wie Luft. Andere hatten Angst, mit mir zu reden. Dabei bin ich doch dieselbe wie vorher. Ich habe mich doch nicht verändert. Und keiner will zuhören. Keiner fragt genau nach, was wir denken, ob das, was wir meinen, vielleicht gar nicht so schlecht ist. Vater will doch nur, dass alles besser wird. Er würde niemals jemandem etwas zuleide tun.«

Gertrude sieht zu mir. Ich kauere auf meinem Bett, die Arme um die Knie geschlungen, den Kopf irgendwo dazwischen hineingestopft.

»Wie eine Kugel«, sagt Gertrude plötzlich. »Du siehst aus wie eine Kugel.«

»Ich wünsche mir manchmal, wie ein Igel zu sein. Mit ganz vielen Stacheln. Und wenn es Ärger gibt, mache ich mich rund und dann kann mir keiner was.«

»Aber so wird es ja nicht besser. Wenn wir nur Stacheln zeigen, dann piksen sich alle oder sie trauen sich gar nicht mehr heran. Aber ich weiß, was du meinst, ich möchte auch am liebsten so durch den Tag kullern.«

»So wie Rose, die durch die Welt kullert, weil die Welt rund ist«, sage ich.

»Weil sie Rose ist«, sagt Gertrude. Ihr Blick fällt auf das Buch, das sie mir geborgt hat und das neben meinem Bett liegt. Sie nimmt es, sucht in den Seiten und dann liest sie laut:

*Rose dachte immer. Es ist leicht zu denken wenn man Rose heißt. Das war das Komische an Rose. Rose dachte sie dächte viel nach aber darüber dachte sie nie nach. Rose wurde ganz rund beim Denken.*

Ich lache leise. »Ich würde sagen, man wird nur rund beim Denken, wenn man zu viel nachdenkt, wenn sich die Gedanken einfach so im Kreis drehen. Wenn man über etwas nachdenkt, für das es keine Lösung gibt.«

»Manchmal sieht es nur so aus, als ob es keine Lösung gibt«, sagt Gertrude. »Man darf nie die Hoffnung verlieren, dass es doch eine Lösung gibt. Das sagt Vater immer.«

Wir schweigen. Das fühlt sich gut an, dieses Schweigen mit Gertrude.

»Was ist es denn, worüber du dir Gedanken machst?«, fragt Gertrude. Ich schaue sie fragend an. »Na, du hast doch gesagt, wenn sich Gedanken nutzlos im Kreise drehen. Was dreht sich bei dir? Verrätst du es mir?«

Ich hole tief Luft. Es tut so gut, mit Gertrude zu reden, aber ich weiß nicht, wie ich anfangen soll.

»Es ist wegen Mutti. Ich habe ein Gespräch belauscht. Im Betrieb, in ihrem Zimmer. Sie hat was mit ihrem ekligen Chef, Herrn Mertens. Gerd.« Und ich ahme Muttis Stimme nach: »Ach Gerd, ich warte doch schon so lange!«

Gertrude schaut mich ernst an.

»Sie hat mir nie erzählt, dass sie verliebt ist. Dieser Herr Mertens ist nämlich verheiratet.«

Gertrude nickt. Sie sagt nichts, aber allein wie sie da sitzt und mir zuhört, hilft mir. Ich spüre, wie ich innerlich ruhiger werde. Und dann sagt sie doch was.

»Das kann man doch vorher nicht wissen, in wen man sich verliebt. Oder?«

Aber ich habe keine Lust, für Mutti Partei zu ergreifen. Ich will kein Verständnis zeigen. Will ich nicht. Hab ich keine Lust drauf.

»Klar, kann man nicht wissen, aber sie weiß doch, was richtig und was falsch ist, oder?«

Gertrude zuckt mit den Achseln.

Ich frage mich, ob man das wirklich nicht wissen kann, in wen man sich verliebt. Denn ich war noch nie verliebt, glaube ich zumindest.

»Warst du schon mal verliebt?«, frage ich Gertrude. Sie wird rot und schüttelt den Kopf.

»Und du?«

Ich zeige Gertrude einen Piep.

Gertrude lächelt.

»Gotthold hat gesagt, du siehst nett aus.«

Jetzt werde auch ich rot.

»Quatsch!«

Gertrude kichert. Dann fällt ihr Blick plötzlich auf einen Stapel alter Zeitschriften, die bei mir im Regal liegen.

»Ja«, verdrehe ich die Augen, »Mutti sagt auch andauernd, ich soll den Müll endlich entsorgen.«

»Damit kann man doch noch was machen«, sagt Gertrude und breitet die ganzen Zeitschriften aus.

»Komm, wir machen eine Collage.«

Häh? Kenn ich nicht.

»Das macht Spaß«, versichert Gertrude. »Hast du ein großes Blatt? Da können wir alles draufkleben.«

Und dann machen wir das. Wir schnippeln lauter kleine Bilder aus den Zeitschriften, außerdem Wortfetzen, Buchstaben, Zahlen, Striche, und kleben alles auf ein riesiges Stück Papier. Es ist die Rückseite von einem Streifen alter Tapete, ich hab sie in der Abstellkammer gefunden. Erst kleben wir wahllos, aber je weniger Platz zwischen den aufgeklebten Bildern bleibt, desto mehr Sorgfalt verwenden wir. Wir setzen das Material, das wir haben, neu zusammen. Wenn das mit den wirklichen Dingen so funktionieren könnte! Einfach die Geschehnisse der letzten Tage zerschneiden und anders anordnen, überkleben.

In unserer Collage aber passt das eine Bild genau neben das, was wir am Anfang aufgeklebt haben, und plötzlich erzählen die wahllos ausgeschnittenen Bilder etwas Neues, auch wenn sie so unterschiedlich sind. Wir vergessen völlig die Zeit.

Und plötzlich steht Mutti in der Tür und starrt uns entgeistert an. Da fühle ich mich, als würde jemand einen Eimer Wasser über mich ausschütten. Ich streiche mir langsam mit dem Handrücken den verschwitzten Pony aus dem Gesicht und überlege, was jetzt zu tun ist. Jetzt bleibt nur noch die Flucht nach vorn.

»Das ist Mutti, Gertrude«, sage ich. »Und das ist Gertrude, Mutti«, setze ich hinterher.

»Guten Tag«, sagt Gertrude neben mir, ganz zaghaft und leise.

Mutti steht da und weiß nicht, was sie sagen soll. Ich sehe ihr an, wie aufgebracht sie ist. Aber sie sagt nichts. Stattdessen dreht sie sich abrupt um und geht in die Küche. Dann ruft sie nach mir. Ich schicke Gertrude einen ernsten Blick. Sie ist mittlerweile aufgestanden und beginnt mechanisch, ihre Sachen zusammenzusuchen. Ich gehe langsam in die Küche. Muttis Stimme ist erst sehr laut, aber dann fällt ihr ein, dass Gertrude nebenan ist, und sie flüstert weiter, aber auch ihre Flüsterstimme ist gepresst und aufgebracht. Kleine Spucketröpfchen fliegen aus ihrem Mund. Ich wende den Kopf ab.

»Hatte ich dir nicht verboten, dieses Mädchen zu treffen?!«

»Du hast mir verboten, zu ihr zu gehen, aber nicht, dass sie herkommt.«

»Hörst du auf, so frech mit mir zu red...«

»Ich sag doch nur, wie es ist.«

Ich kann sehen, wie Mutti mit sich ringt, sie reibt die Hände aneinander, als hätte sie mir eben eine gescheuert, und vielleicht ist es das, was sie will, mir eine kleben. Jedenfalls sieht sie so aus.

Gertrude erscheint auf der Türschwelle. Entsetzt schaut Mutti sie an. Und Gertrude sagt:

»Es ist schon gut, Frau Damaschke. Ich weiß, Sie wollen Ina nur beschützen. Ich gehe schon. Bis morgen, Ina.«

Ich kann die Tränen sehen, die Gertrude in die blauen Augen steigen. Sie geht. Ein großes Rad in meinem Bauch dreht sich einmal komplett um, die Drehung bewirkt, dass mein Hals ganz eng wird und meine Hände zittern. Ich drehe mich wieder zu Mutti, ich mache ein feindseliges Gesicht. Aber in Muttis Augen stehen auch Tränen.

»Herrgott noch mal!«, brüllt Mutti und das ist jetzt merkwürdig, denn es ist ja Gertrude, die an Gott glaubt, und nicht wir.

»Geh in dein Zimmer!«, brüllt Mutti.

Völlig perplex stehe ich da. Wie ein oller Mehlsack, den jemand hier hingestellt hat und der nun darauf wartet, umgekippt, geleert oder weggetragen zu werden. Aber es klappt. Ich setze einen Fuß vor den anderen und verschwinde. In meinem Zimmer starre ich auf diesen kunstvollen bunten Teppich, den ich mit Gertrude zusammengeklebt habe, und ich spüre, wie erneut eine riesige Wut in mir hochsteigt. Als ob da eine Wendeltreppe in mir ist, auf der sich ein Batzen hochwälzt, und je näher er meinem Kopf kommt, desto wütender werde ich. Ich reiße die Tür auf und renne in die Küche. Mutti sitzt da und hat sich einen Schnaps eingegossen.

»Du machst es dir so einfach!«, schreie ich aus vollem Hals.

»Hör auf, so mit mir zu reden, Fräulein.«

Das »Fräulein« macht mich noch wütender. Es erinnert mich an die blöde Wendler.

»Du glaubst wohl, du kannst einfach so verbieten, was dir

nicht passt. Aber das kannst du nicht. Du kannst eine Freundschaft nicht verbieten.«

»Halt deinen Mund, du hast doch überhaupt keine Ahnung, was hier vorgeht!«

»Doch, hab ich!«, brülle ich weiter und die Tränen laufen mir über das Gesicht. »Genauso gut könnte man dir verbieten, mit deinem Chef zusammen zu sein, der hat nämlich schon eine Frau!«

So. Jetzt ist es raus. Mutti starrt mich an. Sie zittert im Gesicht.

»Woher weißt du das?« Mutti wird bleich, ihre Stimme klingt spitz. Und plötzlich fühle ich mich ganz schlecht.

»Ich ... ich ... wollte mit dir reden, da bin ich zu dir in den Betrieb gegangen ... und ... ich wollte auf dich warten ... ich wollte dir sagen, wie wichtig Gertrude für mich ist und dass sie in der Schule von Frau Wendler ungerecht behandelt wird und dass man als Freundinnen doch zusammenhalten und sich helfen muss ... das siehst du doch auch so, oder ... und da hab ich gehört, wie ihr gestritten habt, du und dieser ... dieser ... Herr Mertens.«

Am Ende hört man meine Stimme kaum noch. Mutti schnäuzt ihre Nase, sie weint. Ich starre auf das Muster des Stoffes, mit dem unsere Sitzbank bespannt ist, und finde es plötzlich potthässlich. Ich könnte mit meinen Fäusten auf diese Bank hauen, immer wieder, immer wieder.

»Geh jetzt in dein Zimmer.«

Wie bitte? Sie kann mich doch jetzt nicht schon wieder wegschicken. Wir müssen doch alles bereden. Ich schaue

Mutti entsetzt an. Aber sie bleibt hart. Ihr Gesicht ist wie eine Maske. Sie schaut mich auch nicht an, sie schaut durch mich hindurch.

»Geh!«, sagt sie noch einmal mit Nachdruck. »Ich kann jetzt nicht. Ich muss allein sein.«

Eine Weile noch bleibe ich im Türrahmen stehen. Mutti wendet sich von mir ab. Dann gehe ich. Ich wundere mich erneut darüber, wie meine Beine funktionieren. Sie setzen einfach einen Schritt vor den anderen. Ich setze mich auf das Bett. Dann bleibt für mich und Gertrude jetzt nur noch das Garagenversteck, da können wir noch hin. Wir müssen uns verstecken, als hätten wir etwas Böses getan. Leo und Lieschen schauen über den Rand ihres Käfigs und quieken. Sie haben Hunger. Und es ist längst Abendbrotzeit. Ich habe keinen Hunger. Ich fühle mich so elend.

## 5

Ich glaube, ich habe noch nie so schlecht geschlafen wie letzte Nacht. Es hat die halbe Nacht geregnet. Eigentlich mag ich das Geräusch von Regen. Und ich gucke gern in den Regen. Zarte Streifen, die nie stehen bleiben, immer in Bewegung sind. Starker Regen klingt ein bisschen wie tosender Applaus. So habe ich gestern im Bett gelegen und dem Geklatsche gelauscht. »Toll hast du das wieder hingekriegt, Ina, ganz toll.« Dabei hab ich überhaupt nichts Schlimmes gemacht. Und ich krieg die Ereignisse im Kopf gar nicht mehr in eine Reihe. Als ob da ein paar Stückchen fehlen. Womit hat denn der ganze Krach angefangen? Wer hat was falsch gemacht? Und dann krieg ich Angst bei dem Gedanken, denn das Einzige, was ich nicht will, ist: auf Gertrude verzichten. Und ich hab das Gefühl, alles hängt genau damit zusammen. Und das sehe ich nicht ein. Sollen die anderen sich verändern, Gertrude bleibt bei mir.

Ich habe heute Nacht auch gehört, wie Mutti draußen im Flur herumschlich, auch sie hat nicht geschlafen. Normalerweise wäre ich zu ihr gegangen und wir hätten vielleicht einen Tee getrunken, ich hätte mich zu ihr ins Bett gekuschelt oder so. Aber das alles ging nach dem gestrigen Abend natürlich nicht. Erst heute früh haben wir uns in der Küche angeschaut, nur ganz kurz, aber lang genug, um die dicken Schatten zu sehen, die unter unseren Augen waren. Sie hat so getan, als wäre nichts passiert.

»Willst du noch Kakao?« – »Vergiss nicht, dein Schulbrot einzupacken.« Sie hat wirklich so getan, als sei nichts. Nur angeschaut hat sie mich eben nicht. Aber ich habe nichts gesagt, nicht einmal »Tschüss«, so weit kommt's noch, dass ich dieses Spiel mitspiele. Meine Lippen sind versiegelt. Vielleicht könnte ich mit Gertrude zusammen abhauen? Aber wohin? Vielleicht könnten uns ihre Eltern bei sich im Keller verstecken oder so? Oder wollen Gertrudes Eltern auch nicht, dass wir Freundinnen sind?

Der Fußweg dampft. Obwohl es so früh am Morgen ist, brennt die Sonne schon. Sie kümmert sich um das Regenwasser, das in der Nacht die Pflastersteine umspült hat. Sie holt es wieder zu sich hoch, das Wasser. Sie verdunstet es in kleine Minitröpfchen. Es riecht gut. Tief atme ich die saubere Sommerluft ein. Ich beeile mich, in die Schule zu kommen, denn ich will mich mit Gertrude beraten, wie wir jetzt vorgehen. Allein fühle ich mich ganz hilflos. Es kommt mir so vor, als wäre Gertrude die Einzige, die noch zu mir hält.

Im Klassenzimmer ist alles wie immer. Trotzdem fühle ich mich anders. Niemand hier ahnt, was gestern bei mir zu Hause vorgefallen ist. Wenn ihr wüsstet, denke ich. Ich packe meine Sachen aus, setze mich hin. In drei Minuten beginnt der Unterricht. Gertrude ist nicht da. Sonst kommt Gertrude nie zu spät. Ich dachte, ich könnte mit ihr noch vor der ersten Stunde ein paar Worte wechseln. Wenn sie jetzt auf den letzten Drücker kommt, muss ich die ganze Stunde warten. So ein Mist. Wir werden uns wohl Zettelchen schreiben, aber dabei muss man so höllisch aufpassen, damit Frau Wendler das nicht bemerkt. Die bringt es fertig und liest unsere geheimen Zettel der ganzen Klasse vor. Ja, genau das macht ihr Spaß, wenn sie erreichen kann, dass andere über einen lachen.

Jetzt klingelt es zur Stunde. Gertrude ist nicht gekommen. Warum? Sie kann mich hier doch jetzt nicht alleinlassen! Ich sitze wie gelähmt auf meinem Platz und starre auf Gertrudes Seite, als ob da jemand vielleicht eine Nachricht hingekritzelt hätte. Ich drehe mich um und Kathrins Blick trifft mich. Sie streckt mir die Zunge raus. Schnell wende ich den Kopf wieder zur Tafel. Über der Tafel hängt das Bild von Erich Honecker, wie überall. Mir fällt es schon gar nicht mehr auf. Aber heute muss ich ihn anstarren. Irgendwie sieht er doof aus, wie einer, der nicht viel Mut hat. Aber so was darf man über den Staatsratsvorsitzenden natürlich nicht sagen. Ich lasse meinen Blick durch die Schulbänke schweifen. Die meisten aus meiner Klasse sind in Ordnung. Was würden sie sagen, wenn sie von Gertrude wüssten, was ich weiß? Aber vielleicht wissen sie ja mehr, als ich denke? Schließlich ist Gertrudes Vater ja bekannt. Mutti kannte auch Gedichte von ihm. Gedichte über unsere Stadt. Die sind dann wohl nicht verboten. Ab wann ist ein Gedicht verboten? Ich merke, dass Matze mich die ganze Zeit anguckt. Er zwinkert. Wieso zwinkert der? Demonstrativ zeige ich ihm einen Piep.

»Ina Damaschke«, donnert Frau Wendlers Stimme laut durch den Raum. Das war ja klar, dass sie genau in dem Moment zu mir schauen muss, wenn ich Matze einen Piep zeige. Mann! Das gibt's doch nicht.

»Steh auf, wenn ich mit dir rede.«

Ich stelle mich neben meine Bank. Frau Wendler beginnt eine ihrer Reden.

»Du glaubst wohl, du kannst mit deinem Verhalten unser Kollektiv spalten?«

Ich will überhaupt nichts »spalten«.

»Du weißt wohl nicht, dass wir uns gegenseitig mit Respekt begegnen, Ina Damaschke. Wir zeigen unseren Klassenkameraden keinen Piep. Du entschuldigst dich auf der Stelle.«

Aus dieser Nummer komme ich nicht mehr raus. Ich weiß, wie das läuft. Ich kenn's ja. Ich drehe mich um. Matze schaut ziemlich verdattert drein. Es scheint ihm unangenehm zu sein, was jetzt kommt. Er wehrt ab und sagt, es sei ja nicht so schlimm und es war bestimmt nur Spaß, dass ich ihm einen Piep gezeigt hab. Aber Frau Wendler ist nicht mehr von ihrem Vorhaben abzubringen:

»Nein, nein, so einfach kommen Stänkerer bei mir nicht davon. Dieses Betragen kann ich nicht tolerieren.«

Gibt's denn das? Wer hier wohl stänkert, frage ich mich. Aber gut, wie sie will, ich weiß ja, wie man dieses Spiel spielt.

Ich gebe mir einen Ruck und sage laut und deutlich, aber auch ein bisschen wie runtergeleiert: »Entschuldigung, dass ich dir einen Piep gezeigt hab.«

Ganz hinten höre ich ein Kichern. Mir reicht's. Wieso mache ich mich hier zum Vollidioten? Und dann rede ich einfach weiter. Einfach so.

»Ich entschuldige mich. Ich will versuchen, meinen Klassenkameraden nie wieder einen Piep zu zeigen. Das gehört sich nicht. Wir wollen uns mit Respekt begegnen. Aber das gilt für alle. Wir müssen uns alle respektieren. Auch Gertrude. Und auch Sie, Frau Wendler, müssen Gertrude respektieren. Auch wenn sie anders ist.«

Das hat gesessen. Hab ich das wirklich gerade gesagt? Ich muss mich vor Aufregung an der Bank festhalten, sonst kippe ich um. Ich höre, wie einige Münder in der Klasse geräuschvoll die Luft einziehen. Jetzt gibt es kein Zurück mehr. Aber anders hätte ich nicht weitermachen können. Ich spüre, wie meine Knie schwach werden. Ich fange an zu schwitzen. Ein bisschen bereue ich meine Worte. Ich kann nicht nach vorn schauen, ich schaffe es nicht, diesem Blick zu begegnen. Was nun? Ein kleines bisschen schiele ich nach vorn, nur ein kleines bisschen. Inzwischen hat sich Frau Wendler gefangen. Mit Befriedigung stelle ich fest, dass sie gar nicht weiß, was sie sagen soll. Damit hat sie nicht gerechnet. Aber dann keift sie mit schriller Stimme los:

»Was erlaubst du dir, Ina Damaschke. Das ... das ... hat ein Nachspiel. Du verlässt sofort das Klassenzimmer und kommst erst wieder rein, wenn ICH es dir erlaube.«

Na gern doch. Nichts lieber als das. Mit zitternden Knien gehe ich zur Tür. Niemand wagt zu atmen. An der Tür blicke ich mich noch einmal um. Mein Blick fällt auf Matze, dann auf Kathrin. Beide schauen mir mit großen Augen hinterher. Ich schließe die Tür hinter mir.

Im Flur wird mir alles erst richtig bewusst. Ich glaube, ich hab mir richtig Ärger eingebrockt. Bestimmt gibt es ein Disziplinarverfahren, eine Aussprache vor dem Gruppenrat, einen Termin beim Direx, einen Schulverweis ... Ich trete ans Fenster und schaue hinaus. Die Sonne zeigt mir eine lange Nase. Jetzt steh ich hier wie eine Verbrecherin. Schade, dass Gertrude nichts davon mitbekommen hat. Gertrude. Was ist nur mit ihr? Ist sie krank? Oder wurden sie einfach abgeholt? Ich hab mal heimlich gelauscht, als sich Mutti mit ihren Freundinnen darüber unterhalten hat, dass Leute, die einen Ausreiseantrag gestellt haben, manchmal über Nacht weggebracht werden. Keiner weiß, wie lange so ein Ausreiseantrag dauert. Wann die da oben sagen: Jetzt dürft ihr gehen. Die Vorstellung, Gertrude wäre von heute auf morgen verschwunden, lässt mich auf der Stelle noch mehr schwitzen.

Die Stunde geht noch zwanzig Minuten. Und was kommt dann? Darf ich dann wieder hinein? Mir graut es vor dem Gesicht von Frau Wendler, ihrer beißenden Stimme. Was werde ich alles sagen müssen, damit man mir vergibt? Alles ist aus den Fugen, so kann man das sagen. Auch wenn heute keiner mehr so einen komischen Ausdruck benutzt. Es ist alles kaputt und irgendwie ist es jetzt auch egal, was ich mache.

Und dann weiß ich es. Ganz plötzlich ist diese Idee in meinen Kopf gekommen. Jetzt grinse ich die Sonne an. Und dann gehe ich den Schulflur entlang, vor zur Treppe. Meine Knie sind immer noch wacklig. Aber ich werde immer schneller, immer schneller, ich renne die Treppe hinunter.

*Vor langer langer Zeit traf ich mich und rannte. Vor langer langer Zeit sah keiner wie ich rannte. Vor langer langer Zeit konnte irgendeiner ... Vor langer langer Zeit sah es keiner. Ich aber mach was ich will.*

Ich schwinge mich auf das Geländer und rutsche weiter, so geht es noch schneller. Nur weg von hier, weg von dieser Schule. Es ist mir ganz egal, dass meine Schultasche allein hier zurückbleibt. Das schwere Schultor knallt hinter mir zu. *Wumm.* Jetzt dreh ich mich nicht mehr um, jetzt nicht mehr. Ich stelle mir Frau Wendlers dummes Gesicht vor, wenn sie mein Verschwinden bemerkt. Ja, damit habt ihr alle nicht gerechnet!

Die Sonne verschwindet, als ich die Straße betrete. Aber mir ist egal, wie der Himmel guckt, mein Entschluss steht fest. Ich renne. Ich renne die Straße lang. Gertrude, ich komme! Wir halten zusammen. Ich spüre vereinzelte Tropfen im Gesicht. Aber gleich bin ich da. Ich höre nicht auf zu rennen. Obwohl mir sicher niemand hinterherrennt. Wieso auch.

Ich bin da. Das zweite Mal innerhalb weniger Tage stehe ich völlig außer Puste vor Gertrudes Wohnung. Ich will gerade den Finger auf den Klingelknopf drücken, da wird die Tür aufgerissen. Gertrude steht im Türrahmen und hält den Finger auf den Mund. Ihr Blick lässt mich innehalten. Augenblicklich höre ich mit dem Atmen auf.

»Pst!«, sagt sie. »Meine Mutter ist in der Werkstatt hinten im Hof. Sie darf nicht sehen, dass du da bist.«

Niemand darf uns sehen, mich und Gertrude. Niemand will uns zusammen sehen. Was wollen sie alle nur von uns? Wir sind doch nicht Romeo und Julia.

»Was hat denn deine Mutter dagegen?«

»Erkläre ich dir später.«

»Wann und wo?«

Meine Frage ist berechtigt, wenn uns niemand sehen darf. Gertrude schaut an mir vorbei. Plötzlich taucht hinter ihr jemand auf, es ist ihr Bruder Gotthold. Ich merke, wie ich rot werde. So was Dämliches.

»Ich weiß einen sicheren Platz«, sage ich und versuche, Gotthold nicht anzuschauen. Gertrude dreht sich zu ihm um und schaut ihn hilflos an. Jetzt muss ich ihn notgedrungen auch anschauen. Er ist ganz lang und dünn und hat einen kleinen Flaum auf der Oberlippe. Gotthold sieht mich ernst an und raunt seiner Schwester zu:

»Vielleicht ist es nicht so gut, wenn du heimlich abhaust. Wenn Mutter das mitkriegt ...«

Ich frage mich, wieso Gertrudes Mutter plötzlich nicht will, dass ich mit ihrer Tochter zusammen bin? Die war doch so nett, als ich hier zu Besuch war. Und wie gern wäre ich jetzt in diese verrückte Wohnung gegangen, hätte mich hier verkrochen. Hätte mir die vielen Dinge angeschaut, die sich dort verstecken.

Gertrude drückt ihren Bruder und zieht die Tür hinter sich zu. Ich greife ihre Hand und wir gehen los. Wir rennen nicht. Zu auffällig. Aber wir gehen zügig. Gertrude bekommt rosa Flecken auf den Wangen.

»Schwänzt du die Schule?«, flüstert sie mir zu.

Ich nicke. »Und du? Etwa nicht?«

»Ich habe Halsschmerzen.« Sie lächelt mich verschwörerisch von der Seite an.

»Ich verstehe«, sage ich grinsend.

Gleich wird Gertrude wieder ernst.

»Ich konnte heute früh einfach nicht in die Schule. Ich konnte einfach nicht.«

Wir sind bei den Garagen angekommen. Ich setze mich in den kleinen dunklen Gang zwischen den zwei hintersten Garagen. Gertrude bleibt erst noch stehen.

»Das ist mein Geheimplatz«, sage ich.

Gertrude schaut sich um.

»Gemütlich«, antwortet sie.

Dann kommt sie in die Lücke gekrochen und macht es sich bequem. Wir schweigen eine ganze Weile. Aber irgendwann kann ich nicht mehr schweigen. Ich kann mit Gertrude mehr schweigen als sonst, aber nicht sooo lange.

»Alles wegen mir.«

Gertrude sieht mich fragend an.

»Ich meine, ich bin schuld daran, dass du auch auf der neuen Schule nicht zur Ruhe kommst.«

Gertrude beugt sich zu mir herüber und umarmt mich. Mein Herz klopft. Mich hat noch nie ein Junge umarmt. Ein Mädchen aber auch nicht.

Dann sieht mir Gertrude direkt in die Augen. Ich kann in ihren blauen Augen einen kleinen hellen Ring um die Pupille sehen.

»Du bist an gar nichts schuld. Du bist die erste richtige Freundin, die ich seit langer Zeit habe. Eine Freundin, die ich nicht aus der Kirche kenne und die trotzdem zu mir hält.«

»Und jetzt will deine Mutter auch nicht mehr, dass wir uns sehen.«

»Sie will nur, dass ihr keine Probleme bekommt.«

Ich weiß nicht, was ich darauf sagen soll. Ich studiere die körnige Dachpappe, mit der die Garage vor uns verkleidet ist und an die ich meine Füße stemme. Ich konzentriere mich darauf, mit den großen Zehen Krümel aus dem Material zu kratzen. Nach einem kurzen Seitenblick weiß ich, dass sich auch Gertrude auf ihre Füße konzentriert. Sie bemerkt meinen Blick, erwidert ihn und wir lächeln uns an. Und dann geht's los. Es regnet. Es schüttet. Von einer Sekunde auf die andere. Die Garage, an der wir lehnen, hat einen Dachvorsprung, aber der reicht nicht ganz bis über den Spalt. Unsere

Füße sind sofort nass. Bald läuft das Wasser von allen Seiten auf uns zu. Schnell springen wir auf, damit meine Hose und Gertrudes Rock nicht nass werden. Meine Jacke habe ich natürlich in der Schule vergessen. Gertrude hat eine Strickjacke dabei. Aber die würde uns nur ein paar Sekunden vor diesem Guss schützen. Gertrude legt sie trotzdem um unsere Schultern, denn es ist sofort kühler geworden. Jetzt donnert es auch noch in der Ferne. Da höre ich ein Geräusch. Ich spähe um die Ecke und sehe noch, wie sich gerade die Tür einer Garage schließt. Es ist die von Andi.

Zum ersten Mal habe ich das Gefühl, dass Andi ein bisschen verlegen ist. Er guckt Gertrude immer so seltsam an.

»Süße, hast du Hunger?«

Das hat er zu mir gesagt, das weiß ich. Er schiebt eine offene Packung Waffeln zu uns rüber. Und ob ich Hunger hab. Mein Frühstück steckt im Ranzen in der Schule und Mittagessen ist ja auch nicht in Sicht.

Ich vertiefe mich in eine Waffel. Erst löse ich die schmalen Waffelschichten voneinander, dann schabe ich mit meinen Vorderzähnen die süße Masse von ihnen. Bestimmt sehe ich dabei bescheuert aus, aber es macht Spaß. Als ich meinen Kopf hebe, sehe ich, dass sich Gertrude und Andi ansehen. Irgendwas haben die, das spüre ich.

»Was ist denn los?«, frage ich.

»Wir kennen uns«, antwortet Gertrude.

»Du bist doch die Tochter von Simon Leberecht?«

Endlich sagt Andi auch mal was.

Gertrude nickt.

»Ihr habt einen Ausreiseantrag gestellt.«

Gertrude nickt wieder. Mir ist die Lust auf Waffeln vergangen. Das Wort Ausreiseantrag erinnert mich daran, dass Gertrude irgendwann weg ist.

»Ich mag das, was dein Vater schreibt.«

Gertrude lächelt und wird rot.

»Solltet ihr um diese Zeit nicht in der Schule sein?«, fragt Andi.

Jetzt nicke ich.

Andi schaut nach unten, aber ich kann noch sehen, dass er sich ein Lächeln verkneift. Schnell wird er wieder ernst:

»Das ist nicht gut, wenn ihr die Schule schwänzt. Gertrudes Familie wird sicher überwacht. Wenn sie einen Ausreiseantrag gestellt haben, sind sie jetzt Staatsfeinde.«

Wenn Andi das sagt, klingt es so harmlos, aber ich weiß schon, dass es ein ziemliches Problem ist, wenn man ein Staatsfeind ist. Und eigentlich hört sich dieses Wort voll bescheuert an.

Dann schweigen wir. Um die Stille zu überbrücken, schiebe ich nun doch noch eine Waffel quer. Andi überlegt angestrengt, das kann ich sehen. Er kratzt sich am Kopf und dreht eine Haarsträhne zwischen den Fingern. Dann schaut er hoch, erst zu Gertrude und dann zu mir.

»Zwei Mädchen«, murmelt er und lächelt. Ich lächle zurück und ziehe fröstelnd die Schultern hoch. Der Regen hat uns ganz schön abgekühlt. Andi steht auf und geht in die andere Ecke seiner Garage. Er wühlt in einem Haufen. Dann kommt er mit einem Pullover wieder und reicht ihn mir. Ich ziehe den Pullover über. Er riecht ganz anders als alle Sachen, die ich vorher gerochen habe. Ganz anders. Aber nicht blöd.

Ich versinke im Pullover und durchbreche die Stille:

»Woher kennt ihr euch denn genau?«

Jetzt räuspert sich Gertrude. Sie schaut Andi noch einmal an und der nickt. Als ob sie einer heimlichen Verschwörung angehören. Einen Augenblick fühle ich mich nicht dazugehörig. Wie aus einer anderen Welt. Das gefällt mir nicht.

»Wir kennen uns aus der Kirche«, sagt Gertrude. »Es gibt so Abende, da sind in unserer Kirche Konzerte, oder die Leute treffen sich zum Reden, oder Vater liest was vor. Da haben wir uns gesehen.«

Dann betet Andi also auch zu diesem Gott. Das hab ich nicht gewusst.

»Ich wusste gar nicht, dass du … auch an diesen Gott glaubst.«

Andi räuspert sich. Er schaut Gertrude hilflos an. Gertrude lächelt und zieht nur kurz, ganz leicht, ihre Schultern hoch. Was haben die beiden nur?

»Nein, Ina. Ich glaube nicht an Gott. Gertrude ja, ich nicht.«

»Aber du gehst in die Kirche.«

»Die Kirche ist für mich ein Ort, an dem ich Gleichgesinnte treffe, ja. Sicher, da beten auch viele Menschen, das sollen sie auch tun, wenn sie das möchten. Jeder soll für sich entscheiden, ob er an einen Gott glauben will oder nicht. Aber ich gehe zu den offenen Abenden, die die Kirche veranstaltet. Da ist jeder willkommen. Dort reden alle ganz offen, zum Beispiel über Freiheit. Freiheit zur Selbstbestimmung.«

Das sind ganz, ganz große Dinge, die Andi da erzählt, das höre ich an seinem feierlichen Ton. Es hört sich alles richtig für mich an und gleichzeitig unerhört. Andi lässt sich nicht beirren und redet weiter. Ich weiß nicht, ob ich ihn schon einmal so lange habe rede hören, den stillen Andi.

»Wir reden über eine andere Zukunft. Eine Zukunft, in der zum Beispiel ein Mann keinen Armeedienst leisten muss, wenn er nicht will. Weil er Waffen und Krieg und das alles ablehnt.«

Ich nicke. Denn das finde ich okay.

»Wir reden darüber, wie schön es wäre, wenn Leute, die eine andere Meinung zu bestimmten Dingen haben, diese offen und laut aussprechen dürften, ohne dafür bestraft zu werden. Dass man über Meinungsverschiedenheiten offen reden kann und am Ende einen Kompromiss findet.«

Andi schaut jetzt sehr ernst. Aber das braucht er gar nicht. Denn was er sagt, klingt bedrohlich. Mir kommt es mit einem Mal vor, als würde ich in einem gefährlichen Land leben, wie in alten Western-Filmen, da konnten manche auch nicht aufs Pferd steigen, ohne gleich erschossen zu werden. Ich fühle mich plötzlich gar nicht mehr sicher. Ich will, dass dieses schlechte Gefühl verschwindet, aber ich weiß nicht, wie ich das anstellen soll.

Mir fällt auf, dass wir alle automatisch angefangen haben zu flüstern. Werden wir belauscht?

»Was sind das für andere Meinungen?«, flüstere ich, denn

ich kann mir nicht wirklich etwas darunter vorstellen. Aufgeregt greife ich wieder in die Waffelpackung. Jetzt redet Gertrude.

»Einige wollen, dass die Menschen der DDR auch in andere Länder reisen können. In Länder wie Italien oder Australien oder einfach in die BRD. Ganz weit weg. Sich die Welt anschauen und einfach wiederkommen können. Aber das darf ja hier keiner. Wenn du in ein westliches Land willst, musst du entweder wie ein Verbrecher fliehen oder eben einen Ausreiseantrag stellen. Dann darfst du gehen, vielleicht, aber du darfst nicht wiederkommen.«

Gertrude hat Tränen in den Augen. Klar, sie denkt wieder an ihren Onkel Paul. Der ist ja schon in die BRD ausgereist. Das bedeutet für Gertrude und ihre Familie, dass sie ihn wohl nie wieder sehen werden, wenn sie nicht auch dieses Land verlassen. Und da wird es mir plötzlich bewusst, was das für eine Sache ist. Gertrudes Familie muss bitten und betteln, dass sie aus diesem Land herausdürfen. Sie werden hingehalten, Gertrudes Vater darf seine Texte nicht mehr veröffentlichen, Gertrude und Gotthold werden in der Schule ungerecht behandelt. Und sie wissen nicht, wann sie wegdürfen. Wann es so weit ist. Das ist unerhört! Und alle schauen dabei zu. Das fühlt sich ja an wie in einem Gefängnis. Dabei heißt es doch überall, dass die DDR friedliebend sei und dass es ein gerechtes Land ist, in dem Menschen nicht ausgebeutet werden und alle glücklich sind. Stimmt das alles gar nicht? Ist das gelogen? Mir fällt ein, wie Mutti manchmal, wenn ihre Freundinnen zu Besuch bei uns sind, beim Quatschen und Lachen und Gackern plötzlich leise wird und hinter vorgehaltener Hand flüstert, so wie wir das jetzt tun. Dann reden sie vielleicht auch über solche Dinge. Also wissen auch sie, dass etwas schiefläuft, aber keiner traut sich, etwas zu sagen. Nur auf diesen Versammlungen in der Kirche. Die Vanillemasse wird plötzlich bitter in meinem Mund. Über all diese Dinge habe ich noch nie nachgedacht. Und Gertrude, meine kluge Gertrude, was sie alles weiß! Nun sitzen wir hier zu dritt in der dunklen Garage und schweigen. Draußen hat es aufgehört zu regnen. Ein schüchterner Sonnenstrahl drängelt sich durch den Türspalt. Staub tanzt im Licht. Staub ist immer da, da kann man sich drauf verlassen. Er wird überall aufgewirbelt, und auch Mutti führt zu Hause einen Kampf gegen den Staub, den sie nie gewinnt. Bei Oma, als sie noch lebte, hat immer und überall Staub gelegen. »Wo Staub liegt, herrscht Frieden«, hat sie immer gesagt.

Dann durchbricht Andi unser Schweigen und meine Staub-Gedanken.

»Ihr müsst vorsichtig sein, ihr zwei. Garantiert hat man die Stasi auf Gertrudes Familie angesetzt. Deine Mutter, Ina, könnte Probleme bekommen, wenn du einfach nicht in die Schule gehst und stattdessen mit Gertrude durch die Gegend ziehst. Ihr solltet euch unauffällig verhalten. Aber Schulschwänzen ist auffällig. Macht lieber Sachen, die andere auch machen. Also, Sachen, die normal sind oder die in der Schule gut angesehen werden.«

Mir läuft ein Schauer über den Rücken. Es fühlt sich an,

als ob jedes einzelne Haar auf meinem Kopf senkrecht in die Höhe schießt. Wie Antennen. Antennen zum Aufpassen. Weil ich nicht mehr sicher bin. Mir ist, als hätte ich etwas verloren. Vor ein paar Tagen war meine Welt von vorn bis hinten gut. Alles hatte seinen Platz. Jetzt ist alles in eine graue Wolke gehüllt. Ich habe ein bisschen Angst. Aber ich bin auch aufgeregt – vor Freude. Denn ich habe Gertrude. Ich bin kampfbereit. Ich werde für sie kämpfen. Ich will Gerechtigkeit. Und ich beschließe im Inneren einen Plan. Einen Plan für Gertrude. Einen Plan, der es uns ermöglicht, Freundinnen zu sein.

»Ich weiß«, sagt Gertrude. »Wir wissen das. Deshalb haben meine Eltern ja auch verboten, dass ich zu Ina gehe.«

»Sind denn alle gegen uns?«, frage ich.

»Sie sind ja nicht gegen dich. Im Gegenteil. Sie wollen dich schützen, Ina. Wenn du meine Freundin bist, dann stellst du dich ja auf meine Seite.«

»Was die anderen sagen, ist mir egal!« Ich rufe es laut. Andi legt schnell den Zeigefinger auf seine Lippen. Ich verstehe. Oh, ich verstehe alles. Wir könnten belauscht werden. Aber das lassen wir uns nicht gefallen! Ich mache einen geraden Rücken. Sagt ja Mutti auch immer, dass ich einen geraden Rücken machen soll und nicht so krumm sitzen und herumlaufen. Jetzt ist der richtige Zeitpunkt für einen geraden Rücken. Aber da legt Andi seine Hände auf meine Schultern.

»Süße!«, sagt er und jetzt klingt er wie immer. »Ihr verhaltet euch jetzt ganz ruhig und vorbildlich. Ihr geht zur

Schule, ihr macht Hausaufgaben, ihr macht den ganzen Quatsch mit, diesen Pionierkram und so weiter, sodass euch niemand ermahnen kann. Ich denke, das ist das Beste.«

Ich nicke heftig. Ich weiß, was Andi meint. Nur nicht negativ auffallen. Das würde im Moment alles nur schlimmer machen.

»Und jetzt?«, haucht Gertrude. »Was machen wir jetzt?«

»Ihr geht natürlich nach Hause, wo ihr hingehört.« Andi lacht. Er zieht mich am Zopf und streichelt Gertrude über den Kopf. Dann öffnet er die Garagentür, lauscht hinaus und verabschiedet uns draußen ganz laut, als ob wir nur zum Rommé-Spielen vorbeigekommen wären.

Als wir auf dem Weg nach Hause sind, fasst Gertrude meine Hand. Ihre Hand ist weich und verschwitzt. Wie meine. Wir müssen uns fest anfassen, damit unsere Hände nicht auseinanderrutschen. Das Gewitter hat sich längst verzogen, die Sonne kommt wieder durch. Sofort ist es wieder warm. Ich muss Andis Pullover, den ich immer noch anhabe, wieder ausziehen. Ich stopfe ihn mir unter den Arm. Wir laufen weiter. Ich bin in den letzten Stunden ganz schön gewachsen. Plötzlich sehen die Straßen ganz klein aus, weil ich sie von Anfang bis Ende überblicken kann. Alles sieht verändert aus! Oder habe ich vorher nur einfach nicht richtig hingesehen? Ich bin groß. Ich bin größer. Wir sind größer. Aber was fangen wir jetzt damit an?

»Ich frage mich, was mich jetzt erwartet? Vielleicht sollte ich erst in die Schule gehen und meinen Ranzen holen.

Wahrscheinlich muss ich mich entschuldigen, dass ich einfach so abgehauen bin.«

»Du musst Reue zeigen«, sagt Gertrude und fängt an zu lachen. Sehr witzig. Aber sie hat ja recht. Das ist das, was Andi meinte. Wir müssen das Spiel mitspielen, sonst können wir wohl keine Freundinnen mehr sein. Ich werde mich entschuldigen müssen, vielleicht mit einer Ausrede, dass mir plötzlich schlecht geworden ist. Das klingt gut. Und dann muss ich noch solche Dinge sagen wie, dass ich erkannt habe, wie gut es mir in diesem sozialistischen Staat geht, einem Land, in dem es keinen bösen Kapitalismus gibt, in dem Kinder Pioniere werden, die gegenseitig aufeinander achten und sich helfen. Einem Land, in dem alle zufrieden sind. Puh. So was beten wir seit Jahren am Pioniernachmittag herunter, und erst jetzt fällt mir auf, dass da was faul ist. Aber so steht es überall. In der Zeitung, in den Schulbüchern, in meinem Pionierausweis. Aber wie kriege ich da Gertrude mit rein? Wenn sie eben anders ist. Ich muss sehen, wie ich das hinkriege.

Zum Abschied umarmen wir uns. Ich hebe meine zwei fest zusammengepressten Zeigefinger und sage feierlich: »Kommando Rose – streng geheim.« Gertrude schaut mich fragend an.

»Das ist unsere Freundschaft, ›Kommando Rose‹. Dahinter steckt mein Plan. Unsere Freundschaft braucht einen Plan, weil nicht jeder will, dass wir Freunde sind. Und er heißt ›Rose‹, weil unsere Freundschaft rund ist, das heißt, sie hört nie auf, sie geht immer weiter. Rundherum. Rundherum. Wie Rose. Und wenn da irgendeiner was dagegen hat, sage ich: ›Kommando Rose‹.«

»Ach, Ina!«, sagt Gertrude. Sie lächelt ihr Lächeln und geht dann nach Hause. Ich auch. Wenn nichts mehr geht, kann man immer noch lächeln. Es ist die beste Art, Zeit zu gewinnen.

Ich laufe. Immer rundherum, rundherum. Quatsch. Ich lauf natürlich geradeaus, sonst würde ich ja nie ankommen. Für heute bin ich genug rundherum gestromert. Ich laufe wie immer. Aber etwas ist anders. Ich spiele dieses Spiel: Man darf mit den Füßen nicht die Grenzstreifen zwischen den Gehwegplatten berühren. Meistens sieht es albern aus, weil die Gehwegplatten nicht gleichmäßig sind und ich mal große und mal kleine Schritte hüpfen muss. Heute ist das nicht so. Mein Fuß setzt genau in der Mitte auf. Ich schreite majestätisch dahin. Ich finde genau das richtige Tempo, setze genau die richtigen Schritte. Hier kommt Ina. Mit »Kommando Rose« werde ich allen zeigen, wie das geht: Freundschaft. Freundschaft, das ist mehr als das Wort, dass die FDJler beim Fahnenappell brummeln. »Kommando Rose« beflügelt mich. Ich sage zu jedem, der mir entgegenkommt, »Guten Tag«, und alle schauen mich völlig irritiert an. Nur weil ich »Guten Tag« sage und dabei ganz freundlich lächele. Da ist doch nichts dabei. Ist offenbar keiner gewöhnt, dass jemand nett ist. Ohne Grund. Aber so ein Lächeln, wie Gertrude es hat, kriege ich nicht hin.

Ich biege in unsere Straße ein, und was ich sehe, lässt mein Lächeln ganz schnell verschwinden. Da steht Mutti und um sie herum sind lauter aufgeregte Leute. Schon von Weitem kann ich sehen, dass es um mich geht. Ich werde wohl gesucht. Das ist mir noch nie passiert, dass mich mehrere Leute auf einmal suchen. Vermissen. Aber mit Vermissen hat das, glaube ich, weniger zu tun. Ich habe mich nicht wie eine vorbildliche Schülerin verhalten. Ich bin kein Vorbild für andere. Vorbilder hauen nicht aus der Schule ab und sind frech zu ihrer Lehrerin.

Mutti hat meinen Ranzen auf und das sieht irgendwie süß aus. Weil mein Ranzen auf Muttis Rücken ganz klein aussieht. Dabei ist er oft so schwer. Aber bei ihr sieht er leicht aus. Je näher ich komme, desto langsamer werde ich. Am liebsten würde ich diese Ansammlung umgehen. Aber wie? Sie stehen fast genau vor unserer Haustür. Ich muss da vorbei. Und schließlich ist es eh zu spät. Plötzlich zeigen mindestens fünf Zeigefinger auf mich und die Stimmen werden lauter. Mutti zeigt nicht mit dem Zeigefinger auf mich, stattdessen zieht sie mich sofort in ihre Arme. Ich sehe, dass sie geweint hat.

»Wo warst du nur, was hast du dir dabei gedacht?«, flüstert sie mir ins Ohr. Obwohl sie flüstert, haben es natürlich alle gehört und schauen mich streng und erwartungsvoll an. Frau Speckmantel aus dem Konsum, Leute aus unserem Haus und etwas abseits kann ich sogar Matze sehen, er sieht mich mit Staunen im Gesicht an. Alle gucken mich an und ich muss diese Situation jetzt retten, also los.

»Entschuldigung«, sage ich, oder besser, will ich sagen, denn meine Stimme ist ganz krächzig und piepsig. Man kann sie kaum hören. Alle rücken noch ein Stück näher zu mir. Ich räuspere mich und fasse Muttis Hand zur Unterstützung und beginne mit meiner Entschuldigung, die ich mir zurechtgelegt habe. Ich schaue Mutti dabei an und sie mich, mit einem ganz merkwürdigen Blick. Ich erzähle also, dass mir schlecht geworden war und dass ich raus an die frische Luft musste, und als ich draußen war, bin ich einfach noch ein Stück weiter und ich habe keine Ahnung, was da mit mir los war, und dann habe ich Angst bekommen, weil man sich ja nicht unerlaubt von der Schule entfernen darf und so. Deshalb habe ich mich nicht zurückgetraut. Aber irgendwann hab ich eingesehen, dass das Ganze ja zu nichts führt, und deshalb bin ich jetzt wieder hier.

Während ich mich rechtfertige, drückt Mutti fest meine Hand. Ich rede und rede und ich kann sehen, dass es einigen langweilig wird. Im Grunde ist es ihnen egal, warum ich abgehauen bin, es interessiert sie nur, dass ich abgehauen bin, und jetzt, wo ich wieder da bin, ist es schon wieder uninteressant. Ich würde weiterreden, aber Mutti fällt mir ins Wort.

»Ist gut, Ina, wir reden in aller Ruhe darüber.« Und dann laut zu allen: »Nun ist sie ja wieder da. Alles kommt in Ordnung.«

Gemurmel. Einige Leute drehen sich um und trotten wieder zu ihrem Wohnblock. Matze zwinkert mir zu. Schon wieder. Nanu? Wieso das? Ich denke, der kann mich nicht leiden? Wer natürlich nicht geht, ist Frau Speckmantel. Die bleibt neugierig stehen. Natürlich.

»Was hast du denn für Abenteuer erlebt, junge Dame?«

Ich muss Frau Speckmantel irgendwie abwimmeln.

»Ich bin einfach so rumgelaufen. Hab auf einer Bank gesessen und so.«

Ob sie das schluckt? Frau Speckmantel schaut mich an wie ein Fuchs.

»Auf welcher Bank denn?«

Damit habe ich nicht gerechnet. Welche Bank? Was sage ich denn jetzt? Mist. Die will es ja wieder ganz genau wissen. Ich spüre, wie mich Mutti wegzieht.

»Hab ich vergessen.«

Mutti zieht mich weiter:

»Das Kind hat sicher großen Hunger, Frau Speckmantel!«

Da fällt plötzlich Andis Pullover, den ich immer noch unterm Arm trage, runter. Mutti schaut fragend den Pullover an. Sie schaut mich an. Ich schaue Mutti an, dann drehen wir uns beide zu Frau Speckmantel. Frau Speckmantel bohrt ihren Blick in mich hinein. Dann wandert er zu Mutti. Mutti weicht diesem Blick aus. Ich schaue wieder nach unten. Schnell bücke ich mich und hebe den Pullover auf.

»Das ist ja wohl nicht dein Pullover! Der ist dir doch viel zu groß«, stellt Frau Speckmantel ganz richtig fest. »Wem gehört der denn?« Immer will sie alles wissen. Ich weiß nicht, was ich sagen soll. Ich finde, das geht sie nichts an.

Jetzt zieht mich Mutti ins Haus. Ich möchte, dass alles so normal wie möglich aussieht, und winke Frau Speckmantel

zu und rufe: »Tschüss, Frau Speckmantel!« Aber Frau Speckmantel sagt nichts. Sie steht breitbeinig da in ihrer geblüm-
ten Kittelschürze, die wurstigen Arme in die Seiten ge-
stemmt.

# 6

Wir sitzen in der Küche. Das heißt, ich sitze. Mutti kann nicht sitzen, sie ist zu aufgeregt. Das sehe ich. Sie kocht Pfefferminztee. Und allein das ist höchst verdächtig. Wenn es bei uns Ärger oder irgendein Problem gibt, dann macht Mutti alles Mögliche, aber sie kocht nie Tee! Und außerdem ist es viel zu warm, um Tee zu kochen. Aber ich sage lieber nichts. Ist ja alles wegen mir. Oder? Ist es wegen mir? Hat doch alles schon viel früher angefangen. Als Mutti den Tee aufgegossen hat, gibt es erst einmal nichts mehr zu tun. Sie starrt auf die dampfenden Tassen. Sie überlegt. Schließlich setzt sie sich mir gegenüber.

»Ina.«

»Ja.«

»Warst du wieder bei diesem Mädchen?«

Ich zögere.

»Erst nicht. Aber dann ja.«

»Erst nicht, aber dann ja?«, wiederholt Mutti fragend. Dann schweigt sie, was bedeutet, dass ich wieder an der Reihe bin.

Ich hole tief Luft.

»Ich wollte wissen, warum Gertrude nicht in der Schule war. Ich hatte Angst, dass etwas ist. Irgendwas. Und Frau Wendler war voll blöd. Sie kann Gertrude nicht leiden, dabei hat Gertrude niemandem etwas getan. Niemandem. Und eigentlich sollen wir Pioniere doch nett und höflich untereinander sein und ...«

»Gertrude ist kein Pionier, Ina.«

»Ich weiß.«

»Das ändert alles.«

»Ja?«

»Sie gehört nicht dazu.«

»Das versteh ich nicht.«

Mutti zuckt hilflos mit den Achseln. Dann wird sie sehr ernst.

»Ina. Von wem hast du diesen Pullover?«

Jetzt muss ich Andi verraten. Was soll ich sonst sagen? Mutti würde es eh merken, wenn ich irgendwelche Märchen erzähle. Ich habe das Gefühl, dass es besser ist, ihr alles zu sagen. Wem denn sonst?! Also packe ich aus. Wie nett Andi ist, dass er eine Garage hat und ein Moped und lange Haare, dass er uns heute vor dem Regen gerettet hat und weil mir kalt war, hat er mir den Pullover gegeben.

Als ich fertig bin, seufzt Mutti tief.

»Wieso wusste ich das alles nicht?«

»Na ja, ist eben so. Du bist ja nicht so oft da.«

Ich sehe, wie Mutti Tränen in die Augen steigen. Hab ich was Falsches gesagt? Ich will doch nicht, dass sie schon wieder weint! Mutti nimmt meine Hände. Sie sieht mich verlegen an, dann senkt sie die Augen und sagt:

»Ich bin nicht mehr mit Gerd zusammen.«

Oje, was soll ich denn jetzt sagen? Ganz ehrlich, ich bin froh. Obwohl ich ja noch gar nicht so lange weiß, dass sie überhaupt mit diesem Gerd zusammen war, deshalb war es mir bis vorgestern völlig egal, denn was ich nicht weiß, macht mich nicht heiß, so sagt man ja. Aber trotzdem bin ich froh, dass sie den los ist. Ich mag ihn nicht. Und außerdem ist er ja schon verheiratet.

»Ich mag ihn nicht«, sage ich.

Mutti schaut mich wieder an. Ein kleines bisschen Trotz kann ich in ihrem Gesicht entdecken.

»Du kennst ihn doch gar nicht, Ina.«

»Aber ich hab euch gesehen. Hab gehört, wie er mit dir geredet hat. Ich mochte ihn sofort einfach überhaupt nicht leiden.«

»Ich weiß«, sagt Mutti. »Es ist vorbei. Es braucht uns nicht mehr zu kümmern. Es ist gut so.«

Also ganz ehrlich, jetzt hab ich doch Lust, einen Schluck von diesem Pfefferminztee zu nehmen. Ich hole die beiden Tassen von der Anrichte und stelle sie vor uns auf den Tisch. Sie sind nicht mehr ganz so heiß. Dann häufe ich ganz viel Zucker auf den Teelöffel und es bleibt nicht bei einem Löffel. Sonst passt Mutti auf, dass ich nicht zu viel Zucker nehme, heute protestiert sie nicht. Es scheint, als ob doch nicht alles in Ordnung ist, obwohl wir doch jetzt alles besprochen haben. Ich rühre meinen Tee und rühre immer rundherum, rundherum.

*Und die ganze Zeit war die Welt einfach rund.*

Mutti nimmt meine Hände in ihre.

»Ina, die Schule hat mich angerufen, als du abgehauen bist. Sie haben gesagt, dass du viel zu engen Kontakt mit diesem Mädchen hast. Das ist nicht erwünscht. Ihre Familie hat einen Ausreiseantrag gestellt. Ihr Vater, der schreibt …«

»Weiß ich alles!«

Mutti guckt streng, aber nur ganz kurz. »Ihr Vater hat Berufsverbot, der darf seine Texte nicht mehr veröffentlichen. Es darf sie also niemand mehr lesen. Gertrude und ihre Familie sind sozusagen Staatsfeinde, Feinde des Sozialismus. Ich soll diesen Kontakt unterbinden.«

Ich stemme meine Hände in die Hüften. Mutti soll sehen, dass ich kampfbereit bin. Keinen Kontakt mehr zu Gertrude? Auf keinen Fall! Aber Mutti sieht mich gar nicht an, sie überlegt.

»Ich habe Angst, dass die Stasi jetzt auch uns beobachtet. Ich weiß nicht, was das für Folgen haben wird, wenn du und Gertrude …« Sie bricht ab und stöhnt. Dann winkt sie ab.

»Lass mal, Ina, das verstehst du nicht. Vielleicht ist es auch besser, du weißt gar nicht so viel darüber.«

Na toll. So ist das mit den Erwachsenen. Sie legen einfach fest, was man versteht und was nicht, aber erklären können sie es auch nicht. Die Stasi. Das Ministerium für Staatssi-

102

cherheit. Die sind für die Sicherheit unseres Landes da, aber alle, die von ihnen reden, kriegen dabei so ein komisches Gesicht und manche werden ängstlich. Die eine Freundin von Mutti hat mal gesagt – das habe ich beim Lauschen aufgeschnappt –, dass die Stasi alle ausspioniert.

»Und diese blöde Speckmantel!«, ruft Mutti und bekommt wieder die Augenbrauensicheln.

»Wie sie diesen Pullover angeglotzt hat. Bestimmt schreibt sie sich gleich alles auf, damit sie uns zu gegebener Zeit verpfeifen kann.« Mutti redet sich in Rage.

»Und was machen wir jetzt?«, frage ich.

»Du bringst diesen Pullover diesem Andi zurück. Was ist der eigentlich von Beruf, dieser Andi?«

»Weiß ich nicht«, sage ich. »Der ist einfach da. Der schraubt an seinem Moped, liest viel und ist ganz ruhig.«

»Und lange Haare hat er, sagst du?«

»Schöne lange Haare«, sage ich. Warum ist denn das nun wichtig?

»Ich weiß nicht, ob das so gut ist, wenn du diesen Andi besuchst.« Mutti stützt ihren Kopf in beide Hände. Sie macht sich wirklich Gedanken.

»Wenn die Speckmantel dich irgendwann nach diesem Pullover fragt, sagst du, du hättest ihn auf der Straße gefunden.«

Ich nicke. Auf jeden Fall werde ich weiterhin zu Andi gehen. Denn es weiß ja niemand, wo das ist, die Garagen sind mein Geheimplatz, da passiert uns nichts. Damit sich Mutti nicht noch mehr aufregt, beteuere ich:

103

»Und in der Schule strenge ich mich jetzt ganz doll an, damit keiner an mir herummäkeln kann.«

»Und dieses Mädchen ...«, sagt Mutti. Sie hat immer noch ihren Zeigefinger oben und lässt ihn jetzt langsam sinken.

»Sie heißt Gertrude.«

»Eigentlich müsstest du dich von ihr trennen.«

Ich schieße Mutti einen Blick zu. Ich brauche gar nichts zu sagen. Sie sieht mir an, dass das unmöglich ist. Nichts, aber auch gar nichts, kann mich je davon abhalten, mit Gertrude befreundet zu sein, das ist mal klar. Das werden die schon sehen. Von »Kommando Rose« erzähle ich Mutti nichts. Das würde sie sowieso nicht verstehen. Sie kennt ja nicht mal Gertrude Stein.

Es ist schon fast neun Uhr, aber ich kann einfach nicht einschlafen heute. Zu viele Dinge gehen mir im Kopf rum. Dinge, die ich nicht sagen darf, die streng geheim bleiben müssen, andere, die ich unbedingt sagen muss, Versprechen, die ich einlösen muss, Freunde, auf die ich aufpassen muss. Mittendrin purzeln herum: Gertrude, Mutti, Andi, Frau Speckmantel, Frau Wendler und sogar Herr Mertens und Matze. Irgendwie war das alles zu viel in den letzten Tagen, ich muss mich jetzt auf das Wichtigste konzentrieren. Und das ist im Moment Gertrude. Wir müssen es irgendwie hinkriegen, dass uns die anderen in Ruhe lassen.

Ich glaube, ich bin gestern Abend doch noch eingeschlafen. Weil ich gerade aufwache. Wenn ich aufwache, muss ich doch eingeschlafen sein. Ich würde so gern mal dabei sein, wenn ich einschlafe. Also, klar bin ich dabei, also körperlich. Ich würde das aber gern mal richtig erleben, wie das ist, einschlafen. Also mich dabei beobachten. Aber es geht immer zu schnell und hinterher kann ich mich an nichts erinnern. Da flutscht man einfach so weg, wenn man einschläft, einfach so. Und so geht es allen Menschen auf der Welt, sie schlafen alle irgendwie auf die gleiche Art und Weise ein, obwohl sie verschieden sind.

Es ist total schön heute Morgen. Endlich gibt es keinen Streit mehr mit Mutti. Als ich in die Küche komme, hat sie den Frühstückstisch gedeckt. Sonst hetzt sie meistens schon los, wenn ich aufstehe. Aber jetzt mampfen wir Marmeladenbrote und das ist schön. Ich trinke Muckefuck, den trink ich gern. Zum Abschied drückt mich Mutti ganz doll und gibt mir einen Kuss. Ich gehe ganz entspannt los.

Als ich im Klassenzimmer ankomme, ist Gertrude noch nicht da. Gleich kriege ich wieder leichte Panik. Kommt sie wieder nicht? Sie ist doch immer so pünktlich! Doch was ist das? Gertrude winkt mir von hinten links, von der letzten Bank zu. Sie sitzt dort ganz allein und schaut ganz traurig aus. Und da steht auch schon die doofe Wendler neben mir. Ihre eklige Stimme surrt mir um die Ohren wie eine kleine mehrschwänzige Peitsche.

»Das Fräulein Leberecht sitzt ab sofort nicht mehr neben dir. Deine Leistungen haben nachgelassen. Offensichtlich hat sie einen schlechten Einfluss auf dich, wie wir ja gestern gemerkt haben.«

Dass der Kampf so schnell beginnt, habe ich nicht erwartet. Ich bin erst mal überrumpelt und weiß nicht, was ich sagen soll. Sonst ist es früh vor der ersten Stunde immer laut bei uns im Klassenzimmer, aber jetzt schweigen alle. Offensichtlich finden auch alle anderen äußerst interessant, was die Wendler zu mir sagt.

Und was sag ich nun? Ja, was sag ich nun? Meine Gedanken rudern wild umher. Da fällt mir meine neue Strategie ein: keine Angriffsfläche bieten. Frau Wendler schaut mich lauernd an, ich muss also etwas erwidern, und ich fange an:

»Ja, Frau Wendler«, sage ich, um Zeit zu gewinnen. »Das ist bestimmt das Beste für uns.«

Jetzt klappen bei ihr die Mundwinkel herunter. Das spornt mich an. Alles, was ich jetzt sage, gehört zu »Kommando Rose«. Alles, was ich tue, wird meine Freundschaft mit Gertrude retten. Die anderen werden schon sehen, wozu wir fähig sind.

Ich rede weiter:

»Ich muss mich ja noch für mein Verhalten entschuldigen.« Dann erzähle ich wieder alles, was ich gestern schon der Ansammlung vor unserem Haus geboten habe. Und ich leg noch einen drauf:

»Als ich gestern so allein herumgegangen bin, da hatte ich viel Zeit zum Nachdenken. Und ich habe mir vorgenommen, ein besserer Pionier zu werden. Ich will Gertrude helfen, sich mehr in unseren Klassenverband einzufügen. Ich helfe ihr, ein sozialistischer Mensch zu werden, der Zukunft zugewandt.«

Zwischendurch wage ich einen Blick zu Gertrude. Sie unterdrückt ein Lachen, das kann aber nur ich sehen, weil ich sie kenne. Matze hat ein Fragezeichen im Gesicht, er formt mit dem Mund ein »Häh?« und deutet mit der Hand an, ob ich plemplem bin. Meinetwegen bin ich auch plemplem, aber wenn ich mir Frau Wendler anschaue, dann geht meine Strategie auf. Die ist so was von perplex. Der habe ich jeden Wind aus den Segeln genommen, denn sie kann mich und Gertrude ja nicht fertigmachen, wenn wir so ehrenhafte Ziele haben. Frau Wendler weiß nicht, was sie sagen soll. Sie dreht sich brüsk um und geht zur Tafel. Dort dreht sie sich halb zu mir und blafft nur kurz:

»Für gestern spreche ich dir einen Tadel aus. Hinsetzen.«

Und dann beginnt der Unterricht.


In der Hofpause können Gertrude und ich es gar nicht abwarten, endlich miteinander zu reden. Gertrude schaut mich fassungslos an:

»Ina! Woher kannst du so was? Das ist ja gruslig.«

Ich zucke grinsend mit den Schultern. »Ich weiß nicht, was du meinst.«

»Was du da heute früh erzählt hast, ohne mit der Wimper zu zucken. Das war schon ein bisschen wie Theater. Du solltest Schauspielerin werden, echt.«

Und darüber freu ich mich richtig. Schauspielerin. Darüber habe ich noch nie nachgedacht, auf die Idee wäre ich ohne Gertrude nicht gekommen. Aber sie hat recht, mir macht das richtig Spaß. Es wäre nur besser, wenn es wirklich nur gespielt und nicht echt wäre.

»Na, so was reden doch alle daher, am Pioniernachmittag zum Beispiel, beim Fahnenappell, es steht im Jahresbericht des Gruppenratsvorsitzenden, auf den Wandzeitungen, überall. Ich habe diese komischen Ausdrücke jetzt für uns genutzt. Jetzt müssen wir meiner Rede nur noch Taten folgen lassen«, sage ich entschlossen. Ich fühle mich zwanzig Zentimeter größer. Alle Kinder auf dem Schulhof schauen mich staunend an. Niemals hätten sie gedacht, dass ich, Ina Damaschke, Probleme so mühelos lösen kann. Ich könnte ein Büro eröffnen und allen anderen dabei helfen, ihre Probleme mit ihren Mitschülern und Lehrern aus der Welt zu schaffen. Ich bastele mir in Gedanken gerade ein Türschild für mein Schulbüro, als mich Gertrude aus meinen kühnen Träumen reißt.

»Wie willst du das machen? Ich meine, das funktioniert doch nicht. Ich bin ja nicht mal Thälmann-Pionier. Wie soll ich mich ... wie hast du gesagt ... ›in den Klassenverband einfügen‹?«

Aber ich bin so beflügelt, ich habe schon eine Idee.

»Lass dich überraschen«, sag ich. »Dich besser ›in den Klassenverband einzufügen‹ hat auf jeden Fall einen großen Vorteil.«

Gertrude sieht mich gespannt an.

»Sag schon.«

»Wir werden viel Zeit miteinander verbringen!«

Gertrude lächelt. Der Schulhof lächelt. Der Tag lächelt. So kann's weitergehen.

Gertrude macht riesige Augen, als ich am Nachmittag mit dem Bollerwagen vor ihr stehe.

»Wo hast du denn den her?«

»Jemand aus unserem Haus hat ihn mir geborgt.«

»Und was machen wir jetzt damit?«

»Wir klingeln bei allen möglichen Leuten, sammeln deren alte Zeitungen ein und werden in der Schule zu den Altpapierköniginnen aufsteigen. Das ist der erste Teil meines Plans. ›Kommando Rose‹, du weißt schon.«

»Ist nicht dein Ernst?!«

Ich sehe es Gertrude förmlich an, wie sie sich vor dem Gedanken gruselt, bei fremden Menschen zu klingeln. Aber anders bekommen wir nicht so viel Altpapier zusammen, um die Besten in der Schule zu werden. Das ist nämlich so ein Wettbewerb bei uns. Wer das meiste Altpapier sammelt, ist ein guter Pionier. Für das ganze Papier gibt es Geld und das wird dann für arme Kinder gespendet.

Gertrude stöhnt.

»Ich hab ja keine Zeitungen mehr, weil wir die alle für die große Collage benutzt haben, also müssen wir sie woanders herbekommen«, erkläre ich noch mal nachdrücklich, um Gertrude zu zeigen, dass es keinen anderen Weg gibt.

Wir ziehen los. Der Bollerwagen huppelt über die Pflastersteine und quietscht, dass man uns bis sonst wohin hört. Hoffentlich lohnt sich diese Anstrengung, hoffentlich geht mein Plan auf.

Im nächsten Wohnblock fange ich an zu klingeln, unterste

Etage, denn auf Treppensteigen hab ich echt keine Lust. Eine alte Frau öffnet uns und sieht uns unsicher an.

»Guten Tag, wir heißen Ina und Gertrude und wir sammeln Altpapier. Haben Sie vielleicht welches für uns?«

Die alte Frau wackelt mit dem Kopf. Sie wackelt die ganze Zeit mit dem Kopf, als ob da so ein Mechanismus eingebaut ist. Irgendwie tut sie mir leid. Ist doch schlimm, wenn einem die ganze Zeit der Kopf wackelt und man kann gar nichts dagegen machen!

Die Omi schlägt die Hände vors Gesicht.

»Ihr kommt ja wie gerufen!«

Und dann führt sie uns in ihre Wohnung. In dem Flur sind an der einen Wand lauter Zeitungsstapel aufgeschichtet, eine wahre Fundgrube. Es riecht sehr muffig in der Wohnung, fast wird mir ein bisschen schlecht. Die Omi will sich bücken, um uns Zeitungen zu reichen. Oje, das sieht ganz schön gefährlich aus. Da prescht Gertrude vor.

»Oh nein, das machen wir! Dafür sind wir ja hier.«

»Ihr habt noch junge Beine«, sagt die Omi traurig und ihr Kopf wackelt.

Gertrude geht plötzlich einfach durch das Wohnzimmer hindurch und reißt die Fenster auf. Das war bitter nötig. Aber es ist ziemlich ungewohnt, dass Gertrude die Initiative ergreift. Ich glaube, sie findet langsam Geschmack an unserem Plan. Mit einem wichtigen Gesicht sagt sie zur Omi:

»Wir brauchen ein bisschen Luft beim Zeitungstragen, da kommt man immer so schnell aus der Puste.«

Die Omi lächelt, wackelt mit dem Kopf und schlurft in die

Küche. Dort fängt sie an zu hantieren. Gertrude und ich räumen den Flur leer, das sind mindestens siebzig Kilo, schätze ich. Das muss uns erst mal jemand nachmachen. Bis jetzt war Kathrin die unangefochtene Altpapiermeisterin in unserer Klasse, deswegen hängt ihr Bild auch vor dem Lehrerzimmer an der Straße der Besten. Aber aufgepasst, Kathrin, jetzt kommen wir!

Endlich sind alle Stapel weg. Schon hat sich Gertrude mit einem Besen bewaffnet und fegt den ganzen Flur.

»Ach, ihr Lieben!«, ruft die Omi, als sie in den Flur geschlurft kommt. »Ich hab euch noch was hingestellt.«

Mit roten, erhitzten Gesichtern kommen wir in die Küche, und da stehen zwei Teller, auf denen liegt eine merkwürdige schmutzig weiße Masse. Ich schaue Gertrude irritiert an, aber sie tut so, als wäre es das Schönste auf der Welt.

»Danke!«, ruft sie und strahlt, setzt sich hin und bedeutet mir mit einem Nicken, dass ich das auch tun soll. Oh nein, müssen wir das wirklich essen?

»Ich habe Grießbrei gemacht!«, sagt die Omi und wackelt mit dem Kopf. Dann kommt sie mit einer Flasche an den Tisch, und ehe wir Halt schreien können, kippt sie uns jeder eine riesige Lache dicken roten Sirup auf den Brei. Ich glaub, mir wird schlecht. Ich sehe, wie Gertrude die Omi anlächelt, und mache es ihr nach. Sicher, Gertrude hat recht, wir müssen das runterwürgen, sonst machen wir die Omi traurig. Dabei wollten wir doch nur Altpapier sammeln. Ich hasse Grießbrei. Ich nehme den ersten Löffel. Es schmeckt zäh, der Grieß hat sich nicht richtig aufgelöst und es ist viel zu wenig

Milch drin. Der Pamps wird im Mund immer mehr. Ich kaue und kaue und meine Augen werden immer größer. Ich schaue zu Gertrude und sie sieht genauso aus. Tapfer kämpfen wir mit dem klebrigen Zeug.

»Schmeckt prima!«, ruft Gertrude aus.

»Ich hab noch was«, sagt die Oma, und ich hebe sofort protestierend die Hände und erkläre, dass wir ja noch ganz träge werden, wenn wir zu viel essen, und wir haben doch heute noch so viel vor.

Der Blick der Omi trübt sich ein.

»Esst euch nur ruhig satt. Als meine Kinder ungefähr so alt waren wir ihr, hatten sie immer Hunger. Mein Mann ist im Krieg gefallen und ich hatte Mühe, alle satt zu kriegen. Meine Kleinen haben sich alles in den Mund gesteckt, was wir finden konnten. Das war im Ersten Weltkrieg. Dann kam noch einer. Seid froh, dass ihr noch nie eine Nacht im Luftschutzbunker verbringen musstet.«

Jetzt stehen Tränen in den Augen der alten Frau, und es fällt mir noch schwerer, die letzten Löffel Grießpamps runterzuwürgen. Betreten schaue ich auf den Tisch, auf dem eine alte, fleckige Wachstuchtischdecke liegt. Die Omi sitzt stumm und in sich gekehrt auf ihrem Stuhl und wackelt mit dem Kopf. Sie macht komische Bewegungen mit ihrem Mund, und ich kann sehen, dass sie dabei mit der Zunge ihr Gebiss lockert und wieder richtig hinschiebt. So was habe ich schon oft bei alten Leuten gesehen, und es ist mir ein Rätsel, wie man mit derart lockeren Zähnen essen kann. Wahrscheinlich gibt es bei ihr deshalb Grießbrei, da muss sie nicht kauen.

Endlich fertig. Wir verabschieden uns von der Omi. Die drückt uns und nimmt uns das Versprechen ab, dass wir bald wiederkommen. Hoffentlich kocht sie dann nicht wieder Grießbrei.

Als wir endlich mit unserem halbvollen Bollerwagen draußen stehen, muss ich erst mal laut rülpsen. Gertrude kichert:

»Gut, dass wir das Zeug runtergekriegt haben, denn sie wäre sicher traurig gewesen, wenn wir es verschmäht hätten. Alte Leute sind so.«

»Warum müssen alte Leute eigentlich immer vom Krieg reden?«

»Weil es das Schlimmste ist, was sie je erlebt haben. Ich glaube, wenn du so was erlebst, musst du dein ganzes Leben lang immerzu dran denken.«

Wir biegen in den nächsten Hauseingang. Parterre öffnet niemand, also weiter zum nächsten. So langsam füllt sich unser Bollerwagen mit »Frösis«, Tageszeitungen und einem ganzen Stapel »Für Dich«. Wir setzen uns auf eine Bank und blättern einige Hefte »Für Dich« durch. Da sind immer schicke Kleider drin. Und die Schnittmuster dazu.

»Kannst du nähen?«, frage ich Gertrude.

Sie schüttelt den Kopf.

»Aber meine Mutter. Die Kleider, die sie näht, sehen allerdings anders aus.«

Ich erinnere mich an das sackartige Gewand von Frau Leberecht.

»Stimmt. Weißt du, ich hab jetzt keine Lust mehr auf Papier. Ich schlage vor, wir gehen zu mir, bündeln die Zeitungen und gehen dann ein Eis essen.«

»Au ja!«, ruft Gertrude.

Wir zerren den inzwischen schwer gewordenen Bollerwagen über das Kopfsteinpflaster zu mir nach Hause.

»Ich komm mir vor wie Rose, die mit ihrem blauen Stuhl auf den Berg steigt, so anstrengend ist das«, schnauft Gertrude.

Endlich zu Hause angelangt, schnüren wir etwa gleich große Zeitungspacken mit Paketschnur zusammen. Und dann gehen wir zur Milchecke, dort gibt es Kugeleis, immer die drei Sorten Schoko, Vanille und Erdbeer. Jede Kugel kostet fünfzehn Pfennig, nur Schoko ist fünf Pfennig teurer, aber ich liebe sowieso Vanilleeis über alles. Genüsslich leckend setzen wir uns auf eine Mauer.

»Du musst mir morgen früh helfen, das Papier zur Schule zu buckeln, das schaff ich ja gar nicht allein«, sage ich.

»Natürlich helfe ich dir.« Dann lächelt Gertrude verschmitzt. »Das hast du ja auch nur gemacht, damit ich mich besser einfüge.«

»Selbstverständlich, und es war mir eine Ehre. Du hast dich schon ganz gut geschlagen heute. Aber das reicht noch lange nicht. So einfach wird man bei uns kein Thälmann-Pionier! Da muss man sich schon ein bisschen mehr engagieren«, albere ich herum.

»Ich werde nie ein Pionier«, sagt Gertrude plötzlich ernst.

»Ich weiß. Man kann nicht gleichzeitig der Kirche angehören und ein Pionier sein, das weiß ich. Das sind verschiedene Weltanschauungen.« Ein großes Wort. Ich habe es von Mutti. Ich finde es ein bisschen schwer zu verstehen. Ich weiß nicht so recht, was sich dahinter verbirgt, hinter einer »Weltanschauung«. Es muss kompliziert sein, denn im Grunde hat jeder eine Weltanschauung, ich schaue die Welt an, also hab ich eine Weltanschauung – oder? Im Moment schaue ich die Straße an, habe ich dann eine Straßenanschauung? Diese Straße ist ja nur ein klitzekleines Stück von der Welt.

»Es ist noch was anderes«, sagt Gertrude. »Vielleicht bin ich ja demnächst auch weg, wenn wir unsere Ausreise bewilligt bekommen.«

Ich antworte nichts. Darüber will ich gar nicht nachdenken. Überhaupt nicht.

Plötzlich hält ein Fahrrad mit quietschenden Bremsen neben uns. Gertrude erschrickt, ihre Schultern schnipsen nach oben. Es ist Matze.

»Na, ihr?«

Anstatt Matze zu antworten, schauen Gertrude und ich uns nur an.

Matze tut so, als hätten wir ihn jubelnd begrüßt. Er zeigt auf Gertrudes Erdbeereis.

»Ich ess am liebsten Schoko.«

Dann schaut er auf Gertrudes Turnschuhe aus dem Westen.

»Hast du auch Westschokolade zu Hause?«

Gertrude schüttelt den Kopf.

»Die schmeckt einfach besser als unsere Schokolade, findet ihr nicht?«

Wir nicken.

»Guckst du auch Westfernsehen?«

Gertrude zögert. Eigentlich ist Westfernsehen nicht so richtig erlaubt. Keiner gibt das öffentlich zu, dass er es guckt. Doch Westfernsehen scheint ein Lieblingsthema von Matze zu sein. Er geht in Stellung und fängt an, mit Kleinkinderstimme zu sprechen: »Rotbäckchen gibt Appetit und rote Bäckchen!« Er guckt triumphierend. Dann zieht er ein sehnsuchtsvolles Gesicht und spielt weiter: »Milka in lila Papier, die zarteste Versuchung, seit es Schokolade gibt!« Mit den Händen streicht er über sein Gesicht und flötet: »An meine Haut lass ich nur Wasser und CD!« Gertrude muss kichern. Jetzt springt Matze auf dem Fußweg hin und her, fährt sich durchs Haar und ruft: »Drei Wetter Taft schützt bei feuchtem Wetter, die Frisur bleibt länger locker und duftig. Bei Sonnenwetter, das Haar bleibt geschmeidig ...« Gertrude kann nicht mehr, sie prustet los. Und auch ich muss lachen, denn Matze spielt diese Werbespots echt gut nach. Und lustig ist vor allem, dass wir alle drei diese Werbespots kennen, obwohl wir offiziell in der DDR kein Westfernsehen gucken.

Als Matze merkt, wie sehr wir darüber lachen müssen, spielt er gleich alles noch mal. Aber als ein Mann auf der anderen Straßenseite stehen bleibt und zu uns herüberschaut, hören wir lieber auf.

»Und? Haste dich schon besser ins Kollektiv eingegliedert?«, fragt Matze und grinst dabei.

»Wirst schon Augen machen morgen in der Schule.«

Matze setzt sich neben Gertrude.

»Kennst du noch mehr so komische Geschichten wie die neulich in der Schule? So was mit finsterer Tiefe und Licht?«

Gertrude senkt den Blick und zuckt mit den Achseln.

»Lass sie in Ruhe!«, sage ich.

»Ich tu ihr doch gar nichts«, protestiert Matze. »Ich interessiere mich wirklich dafür. Das klang voll schräg, so geheimnisvoll. So was hab ich noch nie vorher gehört.«

»Jetzt kriegst du davon auch nichts zu hören«, sage ich schnippisch.

»Kann deine Freundin auch selber reden?«

Gertrude seufzt. Bestimmt traut sie sich nicht, etwas zu sagen.

»Wenn du mehr Geschichten hören willst, komm doch zum Gottesdienst.«

Oh, ich habe mich geirrt.

Matze grinst wieder.

»Erzähl mal, was machen die da mit euch?«

Gertrude rollt mit den Augen:

»Erst ziehen wir uns alle nackig aus, beschmieren uns mit Asche und tanzen um ein Feuer.«

Matze lacht laut.

»Du bist witzig! Kommt ihr mit an den See?«, fragt er.

Ich hätte schon Lust, mich nach der ganzen Arbeit abzukühlen, aber ob das eine kluge Idee ist? Ich muss ja auf Gertrude aufpassen.

»Vielleicht ist es nicht so gut, wenn man dich mit uns sieht«, werfe ich ein.

Matze denkt nach.

Matzes Vater ist nämlich Leiter der Volkshochschule und ein wichtiger Mann. Da ist es bestimmt nicht ratsam, wenn er am Nachmittag mit einer wie Gertrude abhängt. Und eigentlich frage ich mich auch, woher das plötzliche Interesse von Matze kommt.

»Aber du bist ja auch mit ihr zusammen. Und vielleicht will ich ja auch mit dazu beitragen, dass sie ein sozialistisches Mädchen wird«, grinst Matze.

»Nein danke, wir brauchen keine Hilfe.«

Mann, Matze, schwirr ab, denk ich bei mir. Du nervst. Ich flüstere Gertrude etwas von rechts ins Ohr, betont leise, sodass Matze, der links von ihr sitzt, nichts hören kann. Dem platzt schließlich irgendwann der Kragen.

»Mann, seid ihr zickig!«, ruft er und fährt endlich weiter.

»Eigentlich schade«, sagt Gertrude.

Wie bitte?

»Ich fand ihn nett. Ist doch gut, wenn wir Verbündete haben, oder?«

»Auf die anderen würde ich mich besser nicht verlassen.«

Gertrude schweigt. Irgendwie schleicht sich da grad eine blöde Stimmung von hinten an. Wir sitzen schweigend auf der Mauer und eigentlich müsste doch alles in Ordnung sein. Es fühlt sich ein bisschen so an, als würde ein Unwetter he-

ranziehen, dabei strahlt die Sonne hell. Ich muss schnell irgendwas sagen, ich will, dass alles wieder so ist, wie es war,
bevor Matze kam.

»Wollen wir noch mal kurz Andi besuchen?«, frage ich.
»Ich will ihm noch seinen Pullover zurückgeben.«

Gertrude nickt, sagt aber nichts. Wir laufen. Unterwegs
knuffe ich Gertrude in den Arm, schließlich lächelt sie. Endlich!

»Hallo, ihr Süßen!«, begrüßt uns Andi. Da muss ich wohl ab
jetzt meine Lieblingsanrede teilen. Aber mit Gertrude teile
ich gern. Wir erzählen Andi von meinem Auftritt heute in
der Schule, von unserem Plan und was wir davon umgesetzt
haben. Andi lacht und haut sich auf die Schenkel:

»Was seid ihr für kluge Mädchen! Ihr schlagt sie mit
den eigenen Waffen, fantastisch ist das! Fantastisch! ›Besser
ins Kollektiv einfügen‹, großartig.«

Dann schaut er ernst.

»Aber ihr seid trotzdem vorsichtig, ja? Überspannt den
Bogen nicht. Wenn sich eure Lehrerin verarscht fühlt, wird
sie sicher unangenehm.«

Wir nicken. Dann wühle ich den Pullover aus meinem
Rucksack und erzähle Andi, wie Frau Speckmantel gleich
aufmerksam geworden ist, als sie den Pullover gesehen hat.

»Das ist eine von denen, die ihre Augen und Ohren überall haben, was? Nimm dich vor der lieber in Acht!«, sagt er.

Dann sagt Andi nichts mehr, und weil ich ihn kenne, weiß
ich, dass er jetzt lieber schweigt. Er redet eben nicht so viel

wie andere. Dann dürfen wir abwechselnd auf seinem Moped sitzen und er erklärt uns, wie man die Maschine startet. Aber rumfahren will er nicht mit uns.

»Lasst uns mal nicht zu viel Aufmerksamkeit erregen, Mädels«, sagt er. Und irgendwie hinterlassen seine Worte einen schalen Nachgeschmack.

# 7

Heute bin ich noch ein bisschen früher aufgestanden als sonst. Damit genug Zeit bleibt, das viele Altpapier in Ruhe zur Schule zu schaffen. Als ich gemeinsam mit Mutti das Haus verlasse, steht Gertrude schon unten auf der Straße, um mich abzuholen. Eigentlich hatte ich geplant, dass Gertrude kommt, wenn Mutti schon weg ist, aber Mutti geht neuerdings später zur Arbeit und kommt früher wieder. Obwohl wir viele Dinge beredet haben, weiß ich nicht, wie sie inzwischen zum Thema »Gertrude treffen« steht. Wie angewurzelt bleibt Mutti vor Gertrude stehen. Gertrude schickt mir einen unsicheren Blick.

»Guten Morgen, Frau Damaschke.«

»Guten Morgen …«, Mutti holt Luft, »… Gertrude.«

Mutti betrachtet Gertrude von oben bis unten. Dann streichelt sie ihr plötzlich ganz kurz über den Arm, so eine Ist-ja-schon-gut-Geste.

Und dann schaut sie mich fragend an.

»Wir haben gestern mindestens zehntausend Kilo Altpapier im Neubauviertel gesammelt. Du weißt schon, ich wollte mich doch jetzt so sehr anstrengen, dass keiner was an mir zu mäkeln hat. Und Gertrude macht mit, damit auch an ihr weniger gemäkelt wird.«

Ich schaue stolz zu Gertrude und sie lächelt zurück.

Muttis Blick wandert von mir zu Gertrude und zurück.

»Zehntausend Kilo Altpapier?«, fragt sie.

Schnell renne ich ums Haus und zerre den Bollerwagen mit den fein verschnürten Päckchen auf die Straße. Mutti schlägt die Hände über dem Kopf zusammen.

»Das habt ihr alles gestern gesammelt?!« Sie muss lachen. »Also wenn ihr damit nicht die besten Altpapierprinzessinnen werdet, weiß ich auch nicht. Gut gemacht. Das müssen andere erst mal hinkriegen.«

Mutti lächelt uns an, auch Gertrude.

»Seid vorsichtig!«, murmelt sie. »Heldin werden kann man schnell, Heldin bleiben ist dafür umso schwerer.«

Und dann gehen wir alle los.

Heldin bleiben. Was hat Mutti da gesagt? Das klang so ernst. Als ob sie genau wüsste, wovon sie redet.


In der Schule angekommen ziehen wir mit unserem Bollerwagen zum Hausmeister, der eine Waage hat und alles gesammelte Papier der Schüler in Empfang nimmt. Brummig – er ist früh immer brummig, ach, was sage ich, er ist zu jeder Tageszeit brummig – wiegt er unser Papier. Klar, das ist ihm zu viel am frühen Morgen. Andere Schüler kommen höchstens mit zwei Päckchen und nicht wie wir mit einem ganzen Berg. Hundertsechsunddreißig Kilo! Gertrude und ich, wir haben hundertsechsunddreißig Kilo Altpapier gesammelt. Der Hausmeister hört kurz auf zu brummen, schiebt die Brille vorn auf die Nase und schickt uns einen prüfenden Blick, dann prüft er die Waage und wiegt noch einmal. Schließlich schüttelt er ungläubig den Kopf und stellt uns einen Zettel mit dem Ergebnis aus. Und mit diesem Zettel betreten wir mit stolzgeschwellter Brust das Klassenzimmer. Frau Wendler sitzt vorn an ihrem Lehrertisch. Als wir uns beide vor ihr aufbauen, schaut sie vom Klassenbuch hoch. Ihr Blick sieht aus, als hätten wir ihr gerade den stinkigen Tafelschwamm in den Nacken gelegt oder so. In diesem Moment klingelt es zur Stunde. Das ist eigentlich das Zeichen für den Pioniergruß: »Seid bereit!« – »Immer bereit!«

»Wir haben eine gute Nachricht!«, rufe ich in die Klasse. Alle sind still. Es reicht schon, dass Gertrude und ich vorn neben Frau Wendler stehen, damit alle still sind. Klar, bis jetzt haben wir versucht, nicht aufzufallen, aber jetzt werden wir die Klasse aufmischen.

»Ich kann mich nicht daran erinnern, dir das Wort erteilt zu haben, Ina Damaschke.«

Daraufhin reiche ich ihr den Zettel vom Hausmeister. Frau Wendler steht auf, liest ihn, und ihr Gesichtsausdruck ist schwer zu deuten. Sie starrt auf den Zettel und sagt nichts. Plötzlich ruft einer aus der Klasse: »Was steht denn da?«

Frau Wendler räuspert sich. Mit spitzem Mund beginnt sie schließlich vorzulesen:

»Ina Damaschke und Gertrude Leberecht haben gestern hundertsechsunddreißig Kilogramm Altpapier gesammelt.«

Schweigen.

»Dann sind sie jetzt die besten Altpapiersammlerinnen der ganzen Schule!«, ruft Matze in die Klasse und beginnt zu klatschen. Alle fangen an zu murmeln, einige klatschen mit. »Wahnsinn!«, höre ich, »Toll gemacht!«, aber irgendwo murmelt auch jemand: »Die haben doch geschummelt.«

Nee, haben wir nicht.

Frau Wendler bringt die Klasse zur Ruhe.

»Setzt euch!«, sagt sie zu uns. »Schlagt die Seite 32 in eurem Lehrbuch auf.«

Moment! Die will einfach so weitermachen! Die gönnt uns unseren Erfolg nicht. Aber jetzt prescht Matze vor. Er meldet sich und sagt:

»Aber Frau Wendler, Ina und Gertrude haben den Altpapier-Schulrekord gebrochen. Da kann unsere Klasse stolz drauf sein. Das können wir doch nicht einfach so unter den Teppich kehren! Wir müssen eine neue Wandzeitung gestalten, damit es jeder erfährt, und die beiden gehören an die Straße der Besten! Erst Kathrin, dann Ina und Gertrude, unsere Klasse hat die besten Altpapiersammler von der ganzen Schule.«

»Ja!«, rufen alle durcheinander. Und klar, alle wollen lieber eine Wandzeitung machen als Deutsch. Da haben wir für eine willkommene Abwechslung gesorgt. Frau Wendlers Gesicht aber wird immer zerknirschter. Da kommt sie jetzt nicht drum herum. Alle springen erfreut auf und rennen zum Bastelschrank. Wir haben immer eine Extra-Wandzeitung parat, auf der wir Sensationen bekannt machen. Kathrin kommt zu meiner Bank gelaufen. Bis jetzt war sie diejenige mit dem besten Sammelergebnis. Sie steht da und schaut zu, wie wir die Stecknadeln in die Wandzeitung pieksen.

»Echt? Ihr habt hundertsechsunddreißig Kilo gesammelt?«

Gertrude und ich nicken.

»Dann bin ich jetzt nicht mehr die Beste«, sagt sie gedankenverloren.

Wie es scheint, ist Kathrin eine bessere Verliererin, als ich dachte.

Falsch gedacht.

»Aber vielleicht habt ihr das Papier ja irgendwo geklaut?«

»Komm, jetzt hör auf zu stänkern, Kathrin.«

Matze mischt sich ein, der plötzlich hinter ihr steht. Beleidigt dreht sie sich um. Gertrude und ich gehen und helfen den anderen beim Basteln. Werner, unser bester Zeichner, malt uns beide, wie wir mit jubelnden Armen neben unserem Bollerwagen stehen. Seine Zeichnung sieht uns richtig ähnlich: ich mit einem geflochtenen blonden Zopf, Gertrude mit ihrem braunen Pferdeschwanz, ich mit Hose, Gertrude mit Rock, ich grinse, Gertrude lächelt.

Gertrude verfasst einen kleinen Bericht, in dem wir auch erzählen, wie froh die Omi war, dass ihr Flur wieder frei ist, und dass wir auch noch gefegt haben, damit es ordentlich aussieht. Eine riesige 136 prangt in der Mitte der Wandzeitung. Zum Schluss der Stunde, kurz bevor es zur Pause klingelt, gehen wir alle in den Flur und hängen unser Altpapierergebnis an die Straße der Besten. Als es klingelt, kommt der Direx plötzlich aus dem Lehrerzimmer. Dick und groß steht er vor seiner Tür und schaut den Korridor entlang. Als er den Auflauf vor der Straße der Besten bemerkt, blinzelt er. Ich glaube, er braucht eine Brille. Dann kommt er neugierig zu uns.

»Was gibt es denn hier zu feiern?«

Der Direx hat eine tiefe, donnernde Stimme, weshalb er beim Fahnenappell im Hof kein Mikrofon braucht. Wenn man etwas ausgefressen hat, dann braucht er einen nur anzuschreien und schon plumpst einem das Herz in die Hose. Jetzt guckt er freundlich. Noch.

»Ina und Gertrude aus unserer Klasse haben den Altpapierrekord gebrochen!«, ruft Matze laut.

»Das ist ja toll!«, nickt der Direx lächelnd. »Solche fleißigen Helfer brauchen wir.« Mit Staunen in der Stimme liest er die Zahl Hundertsechsunddreißig.

»Wie heißt ihr denn?«, fragt er uns dann und lächelt immer noch. Und als ich ihm wie aus der Pistole geschossen unsere Namen nenne, zuckt er wie von der Tarantel gestochen zusammen. Sein Lächeln ist heruntergefallen. Er schaut Gertrude an und kratzt sich am Kopf.

»Gertrude Leberecht«, wiederholt er murmelnd. »Du bist ja noch nicht lang auf unserer Schule?«, fragt er und Gertrude nickt und wird rot. Der Direx schaut fragend zu Frau

Wendler, die zuckt mit den Schultern und guckt böse. Sie macht eine böse Miene zum guten Spiel.

»Ähm … du gehörst doch gar nicht zu unserer Pionierorganisation, wenn ich mich recht erinnere?«, fragt der Direx. Gertrude schüttelt den Kopf.

»Umso besser, dass sie sich so anstrengt für uns, was?!«, ruft Matze und dafür könnte ich ihn auf der Stelle umarmen. Vielleicht ist er doch ein Verbündeter. Der Direx nickt überrumpelt.

Dann beobachte ich, wie die Wendler dem Direx mit einer Kopfbewegung zeigt, dass er zu ihr kommen soll. Abseits stehend tuscheln sie aufgeregt. Hilflos sehen sie zu, wie alle unser Ergebnis bejubeln. Wenn Erwachsene nicht wissen, was sie sagen sollen … Herrlich ist das!

Zwei der Garagen sind weit geöffnet, als wir ankommen. Zwei uns fremde Männer stehen zwischen den Türen und unterhalten sich. Ungewöhnlich viel Bewegung auf dem Garagenplatz für einen frühen Nachmittag mitten in der Woche. Wir aber wollen nicht entdeckt werden, deshalb schleichen wir uns von hinten heran. Wir retten uns auf die schmale verwilderte Wiese, die hinter den Garagen liegt. Gertrude und ich stapfen durch das hoch wuchernde Gras, das uns bis an die Schultern reicht. Dieses Gestrüpp hinter den kleinen Häuschen ist wie für uns gemacht. Vorsichtig drücke ich die Gräser nach unten und lege unsere Strickjacken darauf, damit sie uns nicht so sehr piksen. Es ist ein perfektes Versteck. Wir können alles sehen, aber niemand sieht uns. Durch die

Halme hindurch beobachte ich die beiden Männer, wie sie prüfend die Gegend absuchen. Dann verschwinden sie. Was für komische Vögel. Die hab ich hier noch nie gesehen. Vielleicht sind es neue Garagenmieter? Ich hoffe nur, die kommen jetzt nicht öfter. Denn irgendwie haben sie etwas Bedrohliches an sich.

Ich drehe mich zu Gertrude um und stütze mich auf meinen rechten Arm, Gertrude liegt genauso da, nur auf den linken Arm gestützt. Ein Marienkäfer krabbelt auf ihrem Scheitel entlang, es ist bestimmt eine weiche Straße für ihn.

»Heute haben mindestens sechs aus unserer Klasse mit mir gesprochen, die das bis jetzt nicht gemacht haben. Sie haben mich ganz viel gefragt und waren total nett. Das verdanke ich dir.«

»Ach Quatsch.«

»Doch, Ina. Das ist alles so komisch. Es kann doch nicht nur daran liegen, dass ich ein paar von diesen blöden Zeitungen gesammelt habe? Das liegt doch an dir! Weil du meine Freundin bist. Und bleibst.«

»Weißt du«, sage ich, »Ich glaube, viele aus unserer Klasse hätten sich schon früher gern mit dir unterhalten. Vielleicht haben ihre Eltern gesagt, sie sollen sich fernhalten von dir, das hat Mutti ja auch erst getan. Vielleicht wegen der verbotenen Gedichte von deinem Vater. Jetzt, wo sie verboten sind, kann sie ja keiner mehr lesen. Also weiß keiner, was drinsteht. Da haben sich einige vielleicht gedacht, ich sag am besten gar nichts und halt mich raus. Na, und dann noch die Kir-

128

che. Bei uns in der Klasse gibt es sonst niemanden außer dir, der in die Kirche geht.«

»Es brauchte einfach einen Knall, damit sich etwas ändert. Da musste erst eine wie du kommen, eine Papiertüte aufpusten und sie laut zerplatzen lassen.«

»Peng!«, rufe ich. »Genau, es brauchte nur ein Peng. Mehr nicht. Wie einfach das ist. Die Wendler legt fest, dass sie dich nicht mag, und alle machen mit. Weil alle Schiss haben. Wovor eigentlich?!«

»Das ist doch klar, Ina. Einer kommt und sagt, die da, die ist doof. Das sagt einer, der was zu sagen hat. Und schon reden ihm alle nach dem Mund, weil keiner Ärger haben will. Einer sagt was und alle nicken oder sagen zumindest nichts dagegen.«

»Weil keiner richtig nachdenkt.« Und in dem Moment, als ich das ausspreche, merke ich, dass es klug war, was ich da gesagt habe. Das merkt man nämlich, wenn man etwas Kluges sagt. Ist so ein Gefühl. Also noch mal: Wenn alle mehr darüber nachdächten, was sie tun, dann würde vielen auffallen, dass nicht alles unbedingt das Richtige ist. Aber Nachdenken ist schwer. Ich weiß nicht, wie richtiges Nachdenken funktioniert. Wenn einer sagt: »Ich habe lange darüber nachgedacht und bin zu dem Ergebnis gekommen …« – wie geht das? Wie läuft das ab? Gibt's da eine Wanderstrecke im Kopf, die er mit seinen Gedanken abläuft, und an jeder Raststelle tankt er neue Gedanken? Es gibt irgendwie keine richtige Anleitung zum Nachdenken, da muss sich jeder seinen eigenen Kopf machen. Besonders anstrengend finde ich, dass sich Gedanken gern im Kreis drehen. Rundherum, immer rundherum. Ich muss an das Mädchen Rose denken.

*Rose dachte nie darüber nach. Rose dachte sie dächte viel nach aber darüber dachte sie nie nach.*

Jetzt krabbelt der Marienkäfer über Gertrudes Stirn. Der rote Käfer macht, dass Gertrudes Augen noch blauer leuchten. Ich erzähle Gertrude von meiner Entdeckung, denn sie kann ja nicht sehen, wie hübsch der rote Marienkäfer zu ihren blauen Augen aussieht. Sofort steigt sie in meinen Rose-Singsang ein:

*Natürlich waren ihre Augen blau obwohl ihr Name Rose war. Das ist der Grund warum ihr Blau immer so viel besser gefiel denn ihre Augen waren blau. Und sie hatte zwei Augen und jedes ihrer zwei Augen war blau eins zwei eins zwei genau.*

»Du kennst das halbe Buch auswendig«, sage ich bewundernd.

»Ja. Ich lese oft darin. Ich habe es einmal von Onkel Paul bekommen, er war mein Taufpate. Es gehört zu meinen liebsten Dingen. Darin zu lesen beruhigt mich irgendwie.«

»Ich hab sie gesehen, die Widmung«, sage ich. Und: »Ich muss dir das Buch noch zurückgeben.«

Gertrude nickt traurig.

Natürlich, Onkel Paul. Falsches Thema! Schnell weg damit, denn da ist es wieder, dieses Gefühl, als könnte das ganze Glück dieser Erde von einem Moment auf den anderen verschwinden.

Da ertönt aus einer der Garagen plötzlich Musik. Ich kenn das Lied. Das singt eine Gruppe, die hab ich mal im Fernsehen gesehen, die heißen Boney M. Das Lied geht so: »Daddy, Daddy Cool ...«. Es ist schön, wenn auch seltsam, fast ein bisschen verrückt. Und so, wie Gertrude guckt, kennt sie das Lied auch. Plötzlich springt sie auf, nimmt einen dicken Grashalm und tut so, als wäre das ihr Mikrofon. Dann bewegt Gertrude die Lippen und tanzt dazu. Wow. Das sieht toll aus. So was würde ich mich nie trauen. Zwischendurch versucht sie, mich hochzuziehen, damit ich mitmache. Ich will nicht. Ich weiß, wenn ich so singe, dann sieht das voll bescheuert aus. Aber Gertrude lässt nicht locker. Sie tanzt völlig selbstvergessen, macht einen Schmollmund in ihr Gras-Mikrofon, reißt den anderen Arm nach oben, wiegt sich in den Hüften, geht in die Knie und wieder nach oben. Fasziniert starre ich sie an. Es macht ihr Spaß, das sehe ich. Ob ich doch ... Ich meine, es sieht uns niemand hier. Und dann mache ich einfach mit. Ich rupfe mir auch ein Gras-Mikrofon aus der Wiese und singe hinein. Ich stehe dabei erst nur so da, ziemlich steif. Aber dann stößt mich Gertrude mit ihrer Hüfte an und ich mach das zurück und im Handumdrehen sind wir zwei Sängerinnen und wir singen lautlos in unser Mikrofon und tanzen, was das Zeug hält. Ich kann mich erinnern, dass diese Gruppe total komisch getanzt hat, die hatten dicken Lippenstift aufgetragen und ganz viel Glitzer auf ihren Kostümen. Es ist aber kein Lied aus der DDR, das weiß ich. Hier bei uns singen nur ganz wenige Sänger auf Englisch. Wir tanzen so lange, bis wir außer Atem sind und lachend wieder auf unser Strickjackenlager fallen. Ich bin ganz verschwitzt. Eigentlich müssten wir jetzt an den See fahren, um uns abzukühlen.

Da hätte ich schon Lust drauf. Aber am See sind bestimmt all die anderen. Und Matze, den Gertrude nett findet. Und obwohl ich eigentlich will, dass auch die anderen Gertrude nett finden und nicht blöd behandeln, fahre ich nicht mit ihr zum See. Eigentlich will ich Gertrude für mich allein haben.

Am nächsten Tag in der Schule passiert etwas Komisches. Als in der Pause zwei unserer Mitschüler mit mir an Gertrudes Schulbank stehen und wir uns unterhalten, winkt uns Frau Wendler nach vorn. Also, sie schaut Gertrude an und dann mich. Mit einem Blick, der die Milch auf der Stelle sauer werden lässt, und dabei macht sie eine Bewegung mit dem Zeigefinger, und zwar genauso, wie es die Hexe bei Hänsel und Gretel gemacht haben muss. Es ist völlig klar, was sie meint, und wortlos schreiten wir zwei nach vorn an den Lehrertisch. Ich habe keine Angst. Die Wendler schaut Gertrude an und zischt:

»Du musst nicht denken, es reicht, hier einmal Altpapier zu sammeln und dann für immer die Heldin der Schule zu sein, Fräulein. Glaub ja nicht, dass ich mir das hier einfach so anschaue, ich merke es ganz genau, wenn man mir dumm kommt.«

Gertrude wird knallrot. Sie schaut mich verstohlen von der Seite an. Sie sagt nichts. Wie immer. Ich wünschte, sie würde auch mal was sagen und sich gegen diese blöde Kuh wehren.

Dann zischt die Wendler in meine Richtung:

»Das Gleiche gilt auch für dich. Glaub ja nicht, dass du mit dieser Nummer ungeschoren davonkommst. Ich lass mich doch von euch nicht zum Narren halten.«

Und dann dreht sie sich wieder nach vorn zur Klasse und starrt in ihr Klassenbuch. Das ist für uns das Zeichen, dass das Gespräch – wenn man es denn so nennen will – beendet ist. Gertrude und ich schleichen uns fort. Gerade als ich was zu ihr sagen will, klingelt es schon zur nächsten Stunde. Mist, ich hätte Gertrude gern beruhigt. Wir dürfen uns nicht von der Wendler verunsichern lassen. Wir müssen stark bleiben.

Während vorn Frau Hesselbart russische Verben an die Tafel schreibt, bin ich mit meinen Gedanken ganz woanders. Ja schewu … tui schiwjosch … Ich überlege, wie ich meinen Plan jetzt weiter verfolgen soll. Was war noch mal genau mein Plan? Wui schiwjotje … Mui schiwjom … Was wollte ich mit dem »Kommando Rose« erreichen? Ich wollte für unsere Freundschaft kämpfen, jawohl. Ich will, dass es möglich ist, dass zwei unterschiedliche Mädchen aus zwei so unterschiedlichen Familien Freundinnen sein dürfen, ohne dass jemand was dagegen hat. Das muss doch möglich sein! Ich wollte der Wendler zeigen, dass Gertrude, obwohl sie kein Thälmann-Pionier ist und der Kirche angehört, eine vorbildliche Schülerin ist und sich für unser Klassenkollektiv engagiert. Dass sie trotzdem normal ist und genauso behandelt werden muss wie die anderen auch. Gerechtigkeit ist das. Ich wollte, dass Gertrude sich durch »Kommando Rose« besser fühlt und in der Schule nicht mehr wie eine Außenseiterin behandelt wird. Es war natürlich von Anfang an klar, dass die Aktion mit dem Altpapier nicht ausreicht. Und wir können jetzt auch nicht jede Woche so viel Altpapier sammeln, darauf hätte ich ehrlich gesagt auch wenig Lust. Dass Frau Wendler aber schon am nächsten Tag wieder unzufrieden mit uns ist, hätte ich nicht gedacht. Dann muss ich jetzt schon mit dem zweiten Schritt von »Kommando Rose« beginnen und der lautet: Timurhilfe.

Als ich am Nachmittag den Begriff Timurhilfe erwähne, zieht Gertrude die Nase kraus.

»Anderen Leuten helfen, das mache ich doch schon. Wir gehen so oft mit dem Kirchenchor in das Altersheim und singen den alten Leuten vor.«

Ich verleiere die Augen.

»Kann schon sein, aber was du im Kirchenchor machst, hilft uns in der Schule nicht weiter. Wir müssen ›Kommando Rose‹ hier vorantreiben. Wir müssen es denen zeigen!«

»Ich weiß nicht, Ina.« Gertrude lehnt sich an die Garagenwand. Der Garagenplatz ist nun endgültig zu unserem Treffpunkt geworden. Aber was mich wundert, ist, dass Andi schon wieder nicht da ist. Der schraubt sonst so oft am Nachmittag an seinem Moped oder baut an irgendwelchen Holzregalen. Und Gertrude hat auch nicht so richtig Lust. Aber so geht das nicht. Dann war ja alles, was wir bis jetzt gemacht haben, umsonst.

»Los, komm, das wird sicher lustig.«

Schließlich trotten wir Richtung Konsum. Da ist es am späten Nachmittag und frühen Abend immer sehr voll, und mein Plan ist, dass wir uns da nützlich machen. Wir werden den Leuten die schweren Einkaufstaschen nach Hause tragen, Kinder und alte Leute sicher über die Straße bringen, für manche Leute sogar den gesamten Einkauf übernehmen, zum Beispiel für alte Leute, die nicht mehr gut zu Fuß sind. So habe ich das mal über Timurhilfe gelesen. Da gibt es ein Buch über diesen Timur, was er alles Tolles gemacht hat. Helfen ist wichtig, also anderen Leuten helfen.

Da kommt schon die erste Frau mit schweren Einkaufstaschen aus dem Konsum. Gertrude und ich preschen hin und tragen unseren Spruch vor, dass wir ihr helfen und ihr die Taschen nach Hause tragen wollen. Die Frau schaut uns unwirsch an, nimmt die eine schwere Tasche aus der rechten in die linke Hand, wo schon ein anderer Beutel hängt. Sie will eine Hand frei bekommen. Und mit der freien Hand zeigt sie uns jetzt einen Piep und zischt: »Verarschen kann ich mich allein. Schwirrt ab!«

Ich schaue der Frau nach. Ich habe mit allem Möglichen gerechnet, aber nicht damit.

»Die dachte vielleicht, wir wollen ihren Einkauf klauen«, sagt Gertrude nachdenklich. »Oder dass wir uns ihre Adresse merken und sie nachts überfallen.«

Jetzt zeige *ich* Gertrude einen Piep. Also wirklich. Wir sehen doch nicht aus, als würden wir Leute überfallen.

So schnell gebe ich nicht auf. Der Konsum ist voll und das Wochenende steht vor der Tür. Die Leute müssen einkaufen.

Aber auch die nächste Frau und die übernächste lehnen ab. Die eine unfreundlich, die andere freundlich. Niemand will sich die Taschen tragen lassen. Und als ich einen kleinen Jungen, der auf dem Fußweg steht, über die Straße bringen will, kommt eine Frau angeschossen und klebt mir beinahe eine. Ich solle ja ihren Michi in Ruhe lassen.

Ich wusste nicht, dass helfen so schwer ist. Aber endlich finden wir ein williges Opfer. Ein alter Mann. Er sieht lustig aus und meint: »Na, dann macht mal, Mädels.«

Ich nehme seinen Beutel, er ist gar nicht schwer, und weil er nur einen Beutel hat, geht Gertrude einfach nur so mit.

»Du musst ihn einhenkeln«, zische ich Gertrude zu. Aber sie schickt mir nur einen empörten Blick.

Irgendwie habe ich das Gefühl, dass diese Aktion nach hinten losgeht. Ich fühle mich auch beobachtet. Komisches Gefühl, aber es ist da.

Blöderweise wohnt der Mann nur eine Straße weiter. An der Haustür nimmt er seinen Beutel wieder in Empfang.

»Sollen wir Ihren Einkauf noch hochtragen?«

Er kichert. »Ich wohne Parterre.«

Na ja, wenigstens ein Anfang. Gertrude und ich trotten den Weg zurück.

»Ina, was soll uns das bringen?«, stöhnt Gertrude.

Aber ich will trotzdem nicht aufgeben. Und ich ärgere mich, dass Gertrude so lustlos ist. Sie könnte sich ein bisschen mehr anstrengen und auch mal jemanden zuerst ansprechen. Immer muss ich den Anfang machen. Dabei findet das Ganze hier schließlich nur ihretwegen statt. Ich mach das ja nur, um ihr zu helfen.

Frau Speckmantel kommt aus dem Konsum gelaufen. Sie stemmt ihre Arme in die Hüften. Unter ihren Achseln haben sich auf der blauen Kittelschürze riesige Schweißflecken gebildet.

»Was soll das hier werden? Ihr belästigt unsere Kunden.«

»Aber nein! Guten Tag, Frau Speckmantel.« Ich bin so höflich wie nie: »Das ist Timurhilfe. Wir tragen den Leuten die schweren Taschen nach Hause.«

»Hat man so was schon gehört«, keift die Speckmantel. »Als ob ihr nicht andere Dinge zu tun hättet. Ist dir inzwischen eingefallen, auf welcher Bank du letztens deinen Schultag verbracht hast?«

Sie durchbohrt mich mit Blicken und ich werde rot. Ich dachte, das hätte sie inzwischen vergessen, aber anscheinend vergisst die Speckmantel nie etwas.

»Und ist dir eingefallen, wem der Pullover gehört? Vielleicht braucht sein Besitzer ihn ganz dringend.«

Jetzt wird mir kalt. Was war denn das? Weiß die Speckmantel, dass der Pullover Andi gehört? Sie hat das so komisch gesagt. Ach Quatsch, sie kennt doch Andi überhaupt nicht! Trotzdem, da wälzt sich ein dickes, ungutes Gefühl in mir hoch, das sich nicht so einfach wieder hinunterschlucken lässt.

»Ich weiß nicht, was Sie meinen«, sage ich, aber meine Stimme klingt zittrig und ich verschlucke mich beim Reden. Von hinten fasst Gertrude meine Hand, die ist ganz schwitzig. Oder ist es meine?

»Ihnen noch einen schönen Tag«, sage ich viel zu laut und viel zu hastig und drehe mich abrupt um. Ich renne zu der erstbesten Frau, die gerade den Konsum mit einem prall gefüllten Einkaufsnetz verlässt. Als ich sie anspreche, will sie mich gerade anmeckern, das sehe ich an ihrem Gesichtsausdruck, aber da klickt es plötzlich neben mir. Es ist ein Fotograf. Und ich habe keine Ahnung, wie der ausgerechnet jetzt hierhergekommen ist. Der merkt nicht, dass der gerade total stört. Stattdessen plappert er gleich drauflos, was wir denn hier machen, und das wäre ja ganz reizend, und dann fragt er auch noch die Frau, die gar nicht will, dass ich ihren Beutel trage, und die sagt nur ganz schnell im Vorbeigehen: »Ja, ganz toll!«, reißt mir das Netz aus der Hand und haut ab. Aber der Fotograf fragt mich und Gertrude aus, wieso wir hier den Leuten die Beutel tragen, und er macht andauernd Fotos, und dann geht er auch noch zu Frau Speckmantel, die immer noch in der Eingangstür steht.

»Ja, das ist unheimlich nett von den Mädchen«, sagt Frau Speckmantel mit süßlicher Stimme zu dem Fotografen, der sich alles auf einem Zettel notiert. Der Blick, den sie mir zuwirft, ist aber nicht süß, sondern eher giftig. Ich würde ihr am liebsten die Zunge rausstrecken, ganz weit und ganz lange. Aber wir nutzen das Gespräch des Fotografen mit Frau Speckmantel lieber zum Abhauen, denn jetzt habe ich auch die Nase voll.

»Da kriegen wir am Montag aber keinen Applaus in der Schule«, sagt Gertrude leise auf dem Heimweg.

»Dann strengen wir uns eben im Unterricht noch mehr an

als sonst. Wir arbeiten extrem mit, da kann sie nichts gegen sagen.«

»Egal, wie oft ich mich melde, die Wendler nimmt mich sowieso nicht dran.«

»Dann schlagen wir einen Subbotnik vor und machen das ganze Klassenzimmer so richtig schön sauber.«

»Wir hatten erst einen Subbotnik.«

»Jetzt red doch nicht alles schlecht.«

Aber ich weiß, dass es stimmt. Und da ist sie wieder, meine Wut. Sie fährt gerade meinen inneren Fahrstuhl hoch. Ich hole tief Luft und schließe die Augen und natürlich muss ich ausgerechnet in diesem Moment stolpern. Ich falle lang hingestreckt auf den Gehsteig. Aua! Das tut richtig weh. Jetzt bloß nicht heulen. Jetzt bloß nicht heulen! Was für ein blöder, missratener Tag! Ich setze mich auf den Gehsteig und betrachte meine Wunde am Knie. Gertrude setzt sich neben mich. Sie streichelt mir den Rücken und flüstert:

*Es war heiß und das grüne Gras war heiß und unter dem grünen Gras war Grund und in diesem Grund ach du liebe Zeit Rose trat fast drauf da war was und das war rund.*

Obwohl es immer noch wehtut, muss ich nun lachen. Gertrude gehört zu den wenigen Menschen, die ich kenne, die in so einem Moment das Ungewöhnlichste sagen, was man sich denken kann.

»Wo bin ich denn draufgetreten?«

Ich schaue zurück auf den Fußweg, da hin, wo wir langgegangen sind. Nichts zu sehen. Vielleicht war es meine Wut, über die ich gestolpert bin?

»Kann Wut rund sein?«

»Auf jeden Fall ist Wut manchmal ein ganz schön dicker Klops«, lächelt Gertrude.

An meinem Knie ist die ganze Haut weg, es blutet und lauter kleine Steinchen kleben in der Wunde.

»Das müssen wir sauber machen«, sagt Gertrude und zieht mich hoch.

# 8

Ob Gertrude Stein auch etwas über den Montagmorgen geschrieben hat? Montägliche Morgen sind merkwürdig. Einerseits fängt eine ganze Woche Schule aufs Neue an. Vorbei ist das Wochenende, vorbei ist es mit Ausschlafen, Fernsehen, Ins-Kino-Gehen, Kuchenessen. Es beginnen Zuhören, Hausaufgaben, Pioniernachmittage, Streiten, Langeweile. Na ja. Aber das Komische ist, ich freu mich auch immer ein bisschen auf die neue Woche. Ich freue mich darauf, alle anderen wiederzusehen, zu hören, was sie am Wochenende gemacht haben. Vielleicht haben die anderen zufällig denselben Film gesehen wie ich, vielleicht haben einige heimlich Westfernsehen geguckt und erzählen davon. Seit ich Gertrude kenne, freue ich mich doppelt auf die Woche. Vor allem, weil ich sie das ganze Wochenende nicht gesehen habe. Gertrude hatte keine Zeit, sie haben irgendwelche Verwandten besucht.

Mein Wochenende war langweilig. Mutti hat sich mit ihrer Freundin getroffen und war danach verheult. Ich glaube, sie trauert immer noch diesem Herrn Mertens hinterher. Das muss ja auch blöd sein, denn Mutti sieht den ja jeden Tag bei der Arbeit, das ist bestimmt ein komisches Gefühl. Wenn bei uns in der Klasse zwei miteinander gehen, dann gehen sie Eis essen und schreiben sich Briefchen. Aber wenn es vorbei ist, dann reden sie tagelang nicht miteinander und gehen sich aus dem Weg. Das kann Mutti gar nicht, Herrn Mertens aus dem Weg gehen, denn er ist ja ihr Chef. Ich bin noch nie mit einem gegangen, mich hat auch noch nie einer gefragt. Ist mir auch egal. Ich brauch keinen, der mit mir geht, ich hab ja Gertrude.

Jetzt bin ich fast da. Hab ich gar nicht gemerkt, dass der ganze Schulweg schon vorbei ist. Weil ich so viel nachgedacht habe. Das ist eigentlich toll: Da ist man mit seinen Gedanken ganz woanders und die Füße laufen automatisch den richtigen Weg weiter. Das ist wie ein Reflex, der schon immer da ist, wie das Atmen. Das geht die ganze Zeit, das Atmen, denn wenn wir aufhören würden zu atmen, weil wir gerade nicht dran denken, dann würden wir ja sterben. Aber wir atmen die ganze Zeit, egal, was passiert. Vielleicht ist das Zur-Schule-Gehen auch so eine Art Reflex. Man kann mit seinen Gedanken sonst wo sein, die Füße lenken einen geradewegs in die Schule. Weil man zur Schule gehen muss. Kinder werden ja nicht gefragt, ob sie lernen wollen, sie müssen. Ist ja auch okay so.

Da ist es, das Schulhaus, groß und aus roten Steinen gebaut. Es klingelt zum Reingehen, ich habe getrödelt. Ob Gertrude schon drin ist? Ich renne los.

Gertrude ist schon da. Sie sitzt ganz hinten, ganz allein in ihrer Bank, und lächelt mir zu. Leider bleibt keine Zeit mehr, noch einmal zu ihr hinzugehen. Schnell hole ich meine Sachen aus dem Ranzen und da klingelt es auch schon zur Stunde. Wir haben Bio bei Frau Radtke. Ich mag Bio gern, weil man viele Dinge erfährt, die dahinter liegen. Also hinter den Pflanzenstängeln zum Beispiel oder hinter unserer Haut.

Mitten in der Stunde öffnet jemand die Zimmertür. Es ist Frau Wendler. Ich weiß nicht, wieso, aber als ich ihr Gesicht sehe, schwant mir nichts Gutes. Frau Wendler tuschelt mit Frau Radtke und dann sagt Frau Radtke:

»Ina und Gertrude, würdet ihr bitte mal kurz das Zimmer verlassen.«

Was ist denn nun schon wieder los?! Ich starre Frau Radtke an, dann Frau Wendler, dann drehe ich mich zu Gertrude um. Ihre blauen Augen sind weit geöffnet vor Angst. Ich gucke wieder nach vorn. Frau Wendler sieht aus, als hätte sie Pfeil und Bogen verschluckt.

»Braucht ihr eine Extraeinladung?«

Langsam stehe ich auf. Ich schiebe den Stuhl zurück und er scharrt laut über den zerschlissenen Fußboden. Ich will ruhig bleiben, betont ruhig, aber ich kann meine Aufregung nicht verbergen. Meine letzte Bewegung ist zu hastig, der Stuhl fällt donnernd um, ich verheddere mich mit meinem Hosenbein in dem Stuhlbein, das nun wie ein drohender Zeigefinger von hinten auf mich zeigt. Stumm beobachten die beiden Lehrerinnen meinen Kampf mit dem Stuhl. Dann ist Gertrude plötzlich neben mir und hilft. Vorsichtig stellt sie den Stuhl wieder auf seine vier Füße. Wir gehen still nach vorn. Die ganze Klasse ist still. Dann gehen wir raus auf den Flur. Frau Wendler folgt uns, schließt die Tür hinter sich und steht mit verschränkten Armen vor uns. Ich würde jetzt auch am liebsten meine Arme verschränken, aber das trau ich mich nicht. Das sähe ja aus, als würde ich Frau Wendler nachäffen. Und ich denke, es ist besser, sie jetzt nicht noch zusätzlich zu reizen.

Frau Wendler holt eine zusammengefaltete Zeitung unter ihrem Arm hervor. Sie fuchtelt damit vor unseren Gesichtern herum, und erst als sie ein bisschen stillhält, kann ich sehen, dass dort ein Foto in der Zeitung ist, und auf dem Foto sind wir, Gertrude und ich. Gertrude und ich bei unserer Timurhilfe. Man sieht, wie die eine Frau mir gerade das Einkaufsnetz aus der Hand reißen will, aber unter dem Bild steht: »Zwei Schülerinnen der Karl-Marx-Oberschule tragen dankbarer Bürgerin die schwere Einkaufstasche nach Hause.«

Frau Wendler fuchtelt weiter.

»Das ist gelogen!«, rufe ich.

»Wie, gelogen? Seid ihr das etwa nicht?« Frau Wendler ist kurz davor auszurasten.

»Doch!«, sage ich. »Das sind wir, aber die Zeitung lügt. Die Frau war nicht dankbar, im Gegenteil, die war sauer und wollte gar nicht, dass wir ihr die Tasche tragen.«

144

Jetzt ist es Frau Wendler, die baff ist. Sie wollte was ganz anderes hören. Ich merke, wie sie mit sich ringt. Sie nimmt die Zeitung und liest uns vor, dabei muss sie wutschnaubend immer wieder Luft holen. Und im Übrigen ist sie eine schlechte Vorleserin, bei anderen hätte sie diese Leistung eiskalt mit einer Vier benotet.

*»Wie der sozialistische Gedanke an die nächste Generation weitergetragen wird, konnte man gestern vor dem Konsum in der Heidestraße beobachten. Zwei Schülerinnen der Karl-Marx-Oberschule praktizierten Timurhilfe – nach dem Vorbild von Arkadi Gaidar. Dankbar vertrauten Bürgerinnen und Bürger den Mädchen ihre schweren Einkaufstaschen an. Die beiden opferten ihre Freizeit am Nachmittag, um anderen zu helfen. Sie sind ein Vorbild für uns alle, damit wir nicht vergessen, auch ein Auge auf unsere Mitbürgerinnen und Mitbürger zu haben. Immer bereit!«*

Frau Wendler faltet wütend die Zeitung wieder zusammen. Ich aber trage ein breites Lächeln. Denn ich verstehe nicht, was sie hat, wir werden doch gelobt und unsere Schule wird auch erwähnt. Das ist doch toll!

»Hör auf, so dämlich zu grinsen, Ina Damaschke!«

»Aber ... aber ... es ist doch gut, was da drin steht«, versuche ich, mich zu rechtfertigen.

»Gar nichts ist gut!«, brüllt die Wendler. Und wenn sie so brüllt, hätten wir das Klassenzimmer auch nicht verlassen zu brauchen, denn es kann ja jeder hören.

»Ein Mädchen von der Kirche, das kein Thälmann-Pionier ist und mit einem Vater, der schlecht über unsere Republik schreibt und einen Ausreiseantrag gestellt hat: Ein

Mädchen aus so einer Familie ist kein Vorbild.« Frau Wendler läuft vor Wut hin und her, dabei haut sie mit der zusammengefalteten Zeitung immer wieder auf ihre ausgestreckte Hand.

»Aber das, ihr Gören, das hört mir jetzt auf. Ich lass mir nicht von euch auf der Nase herumtanzen.«

Dann dreht sie sich einfach um und geht. Gertrude und ich stehen wie bestellt und nicht abgeholt auf dem Flur. Es klingelt zur Pause. Gertrude presst die Hände an die Ohren. Wir stehen genau unter der Klingel und es scheppert in den Ohren, so sehr, dass es wehtut. Und da geht schon die Tür auf, Frau Radtke sieht uns fragend an. Dann macht sie so einen Gesichtsausdruck, der besagt: Hört nicht auf die. Ich bin eigentlich auf eurer Seite. Aber seid vorsichtig.

Das alles kann ich in Frau Radtkes Gesichtsausdruck lesen. Ich mochte sie schon immer.

In der Pause stellt sich Matze zu uns und fragt, was die Wendler von uns wollte. Der lässt irgendwie nicht locker. Und wie er Gertrude anglotzt.

»Geht dich nichts an«, sage ich zu ihm. Gertrude aber lächelt ihn an. Matze streckt mir die Zunge raus und dreht sich so zu Gertrude, dass ich sie nicht mehr sehe. Das gibt's ja wohl nicht! Und immer, wenn ich ein Stück nach rechts gehe, tut er das auch, damit ich Gertrude nicht sehe, aber dafür seinen Rücken. Und wenn ich nach links gehe, geht er auch nach links. Dabei lacht er laut. Ich will was sagen, ich will mich wehren, aber ich bin so baff. Und Gertrude sagt gar nichts dazu. Sie sagt nicht etwa so was wie »Lass Ina in Ruhe« oder »Lass uns in Ruhe«.

»Ich lad dich nach der Schule zu einem Eis ein.« Das sagt Matze nun zu Gertrude und mir klingeln die Ohren. Das ist ja wohl frech! Der spinnt wohl! Der hat wohl nicht mehr alle Tassen im Schrank! Gertrude ist meine Freundin. Gertrude und ich, wir sind »Kommando Rose«.

»Mach dich vom Acker, Matze«, raune ich schließlich hinter seinem Rücken, aber es hört sich jämmerlich an. Ich kann meine Stimme hören, sie zittert und versagt auf halbem Weg. Ich werde immer kleiner, und zum ersten Mal habe ich wieder dieses Gefühl, irgendwie doofer als die anderen zu sein, so wie ich es manchmal hatte, bevor ich Gertrude kennengelernt habe.

»Bis nachher«, sagt Matze und geht zur Seite. Er dreht sich noch einmal kurz um und zwinkert mir zu. Das ist ja wohl die Höhe. Dann fällt mein Blick auf Gertrude. Sie schaut zu Boden, ich habe das Gefühl, sie will mich nicht anschauen. Ich kann sehen, dass sie sich ein Lächeln verkneift. Aber dieses Lächeln ist nicht für mich bestimmt.

»Du gehst mit Matze Eis essen?«

Meine Stimme ist tonlos.

»Komm doch mit.«

»Haha«, erwidere ich. »Sehr witzig. Ich bin ja wohl unerwünscht.«

Gertrude verschränkt die Arme.

»Was ist denn so schlimm daran, wenn ich einmal mit Matze ein Eis essen gehe?«

»Wir müssen ›Kommando Rose‹ weiter voranbringen«, sage ich. »Wir müssen weiter daran arbeiten, dass du akzeptiert wirst.«

»Ina, wenn ich mit Matze Eis essen gehe, bringt mir das mehr, als wenn ich erfolglos versuche, anderen Leuten die Einkaufstaschen nach Hause zu bringen. Frau Wendler wird mich nie mögen, egal, was ich tue.«

In meinem Kopf geht alles durcheinander. Ich könnte heulen. Ich weiß nicht mehr, was ich sagen soll. Ich weiß nicht mehr, was ich eigentlich will. Doch, weiß ich. Ich will nicht, dass Gertrude den Nachmittag mit Matze statt mit mir verbringt. Aber das kann ich doch nicht sagen, oder?

Stattdessen platzt es aus mir heraus: »Als ob es besser ist, mit einem Blödmann wie Matze Eis essen zu gehen. Ich wünsche viel Spaß!«

Gertrude löst ihre Arme aus der Verschränkung. Sie will was sagen und hebt die Arme. Dann lässt sie sie wieder fallen, wie zwei Stricke baumeln sie neben ihrem Oberkörper. Sie atmet laut. Gertrude ist wütend. Ich habe sie noch nie wütend erlebt.

»Wolltest du nicht, dass ich mehr Freunde habe? Jetzt kommt mal einer und dann ist es auch wieder nicht richtig. Du willst gar nicht wirklich, dass ich noch andere Freunde habe.«

Den letzten Satz flüstert Gertrude nur und es kullern Tränen aus ihren blauen Augen. Ich könnte auf der Stelle tot umfallen. Es klingelt. Die Hofpause ist beendet. Wie soll ich denn jetzt den Schultag überstehen? Gertrude dreht sich

148

wortlos um und stapft ins Schulhaus. Sie lässt mich einfach stehen.

In der Stunde schiele ich oft nach hinten zu Gertrudes Bank. Sie schaut nicht zu mir, wie sie das sonst macht. Sie guckt entweder aus dem Fenster oder starrt in ihren Hefter. Ich kann immer noch nicht glauben, dass Gertrude mit Matze Eis essen geht. Ohne mich! Vielleicht sollte ich einfach mitgehen, wenn die beiden zur Eisdiele laufen? Nee, das mache ich auf keinen Fall! So weit kommt's noch. Dass ich denen hinterherlaufe. Ich bin doch kein Dackel. Wer weiß, ob die mich überhaupt mitnehmen würden. Vielleicht würden sie mich auslachen, auf der Straße stehen lassen.

Mir wird ganz heiß. Ob Gertrude am Ende mit Matze geht? Dann bin ich völlig überflüssig. War dann alles umsonst? Wird Gertrude mich einfach nicht mehr beachten? Ach, Quatsch, dass würde sie doch nicht! Oder? Hätte ich bloß vorhin auf dem Schulhof nicht so blöd reagiert! Was muss ich denn machen, damit alles wieder wie vorher wird? Gertrude und ich an unserem Geheimplatz an den Garagen ... Da können wir doch Matze nicht mit hinnehmen! Das ist doch unser Platz!

Es klingelt, die letzte Stunde ist vorbei. Ich dreh mich nach hinten um und sehe, dass Gertrude zusammenpackt. Was sage ich nur zu ihr? Was?

Ich werfe mein Schulzeug in den Ranzen und will aufspringen, da steht Frau Wendler vor meiner Bank. Sie redet, aber ich höre nichts. In meinen Ohren rauscht es und ich kann sehen, wie Gertrude hinter Frau Wendler entlangläuft und das Klassenzimmer verlässt. Ich starre auf Frau Wendlers Bluse. Ich verrenke meinen Hals, um noch einen Blick auf Gertrude zu erhaschen, sie soll doch auf mich warten. Aber sie ist weg. Mit entgeistertem Gesicht starre ich Frau Wendler an.

»Hast du mir überhaupt zugehört, Ina Damaschke? Dein Benehmen ist unglaublich!«

Ich stöhne und sinke zurück auf meinen Stuhl. Alles hat sich gegen mich verschworen. Frau Wendler gibt mir einen Brief, wir sind vorgeladen, Mutti und ich, zu einem Gespräch, darüber, wie es mit mir weitergeht, sagt die Wendler. Das wird sicher unangenehm. Und worum wird es gehen? Natürlich um Gertrude. Gertrude und mich. Ich hab jetzt die ganzen Probleme an der Backe, dabei wollte ich nur helfen. Und Gertrude? Die stopft sich jetzt mit Blödmann Matze den Bauch mit Eis voll. Und ich? Und ich? Und ich?

Aus irgendeinem Grund benutze ich den versteckten Weg hinter den Garagen und nicht den offiziellen, vorn entlang an den Türen. Ich will mich sammeln. Tief durchatmen. Nase putzen. Wenn ich nachher bei Andi an der Garage klopfe, will ich nicht mehr so verheult aussehen. Was soll denn der sonst denken? Mit dem Weinen habe ich inzwischen aufgehört. Ich bin leer. Mein Kopf tut weh. Eigentlich müsste ich Hausaufgaben erledigen, aber ich kann überhaupt nicht nachdenken. Da ist etwas blockiert. Das fühlt sich im Kopf so an, als hätte man mir die Arme auf den Rücken gebunden.

Ich bin wie verschnürt. Ein kleines, dickes, verschnürtes Paket, das fertig ist zum Wegwerfen, irgendwohin, hinter eine Mauer, wo man es nicht mehr sieht. Um mich herum ist alles schwarz, und weil ich so fest verschnürt bin, kriege ich kaum noch Luft.

Ich schleiche mich durch das hohe Gras hinter den Garagen. Ich kann noch die Stelle erkennen, an der ich zuletzt mit Gertrude gelegen habe. Das Gras ist dort zerdrückt. Ich lege mich in die Kuhle, in der Gertrude an jenem Nachmittag gelegen hat, und starre in den Himmel. Ich bin kurz davor, zu sagen: »Ach, lieber Gott, bitte gib mir Gertrude zurück.« Dabei glaube ich ja gar nicht an diesen Gott. Ob Gertrude überhaupt noch an mich denkt?

Ich höre ein Geräusch. Vorsichtig spähe ich durch das hohe Gestrüpp. Da sind wieder diese Männer, die an dem Nachmittag damals auch schon da waren. Was wollen die schon wieder hier? Bloß gut, dass ich mich hintenherum angeschlichen habe. Diese Männer wirken irgendwie bedrohlich. Es sind hin und wieder Fremde hier, weil ich natürlich nicht alle Garagenbesitzer kennen kann. Aber die hier sind anders. Sie stehen immer draußen rum, anstatt in einer Garage zu sein. Dabei kommen die Garagenbesitzer nur hierher, um in ihren Garagen zu sein und dort zu basteln oder so. Diese Männer aber stehen immer draußen herum, sie kriechen hinter den Garagen entlang und gucken immer so komisch und flüstern die ganze Zeit. Mit denen ist was faul. Das spüre ich ganz deutlich. Und ich weiß nicht, wieso, aber diese Männer müssen etwas damit zu tun haben, dass Andi nicht mehr da ist. Seit Tagen habe ich ihn nicht ein einziges Mal in seiner Garage angetroffen, das ist völlig untypisch für ihn. Es scheint, als habe ich jetzt Gertrude *und* Andi verloren. Vielleicht muss ich Gertrude und ihre Eltern fragen, immerhin geht Andi doch auch zu diesen Abenden, wo sie diskutieren und so Texte vorlesen, die sonst nirgendwo zu lesen sind. Aber ich kann ja nicht fragen, ich bin ja mit Gertrude zerstritten.

Jetzt schaut der eine Typ durch ein Fernrohr. Ich drücke mich tiefer in meine Kuhle. Er sieht mich nicht. Für einen Spion – wenn er einer ist – ist er ganz schön dämlich. Denn wenn er wirklich etwas oder jemanden sucht, dann müsste er doch die hochgewachsenen Wiesen durchkämmen, jeden Stein umdrehen. Man könnte hier drin einen Goldschatz vor ihm verstecken und er würde es nicht merken.

Aber ich bleibe zum Glück unentdeckt.

Ich höre Schritte und eine Autotür und dann fährt ein Auto los. Die Männer sind wieder weg. Vorsichtig schleiche ich mich aus dem Gestrüpp und schaue um die Ecke. Niemand ist auf dem Garagenplatz. Langsam gehe ich zur Tür von Andis Garage. Ganz langsam. Als ob bei meinem nächsten Schritt alles in die Luft fliegt. Die Garage ist verschlossen. Was anderes hatte ich auch nicht erwartet. Aber da ist etwas mit Kreide auf die Tür gekritzelt. Ich kann es nicht lesen.

Schnell flüchte ich zurück in das hohe Gras. Mein Herz klopft. Ich wäre jetzt wirklich gern nicht allein, aber wen habe ich denn noch? Zum ersten Mal wirkt mein Geheimplatz nicht beruhigend auf mich. Ich nehme meinen Ranzen und gehe.

Aber wohin? Wohin soll ich gehen? Ich gehe natürlich nach Hause. Was soll ich denn auch allein hier in der Gegend rumsitzen. Ich werde nach Hause gehen, Staub wischen, Hausaufgaben machen, mit Leo und Lieschen spielen. Wie es sich gehört.

Eigentlich bräuchte ich nur die Otto-Grotewohl-Straße hinaufzugehen, um ins Fritz-Heckert-Neubaugebiet zu gelangen. Aber wie ferngesteuert lenken mich meine Schritte in Richtung Zentrum. In der Nähe des Zentrums liegt der Domplatz und auch die Eisdiele ist nicht weit. Warum ich diesen Weg nehme? Wenn ich es erklären könnte, würde ich es tun. Es ist wieder nur so ein Gefühl. Nur so ein Gefühl. Und ich höre drauf.

Meine Wut auf Gertrude ist ein bisschen verflogen, seit ich die Spione beobachtet habe. Ich glaube, ich habe ein schlechtes Gewissen. Ist es das? Ich fühle mich schlecht. Vielleicht hätte ich alles anders machen sollen.

An der Ecke ist ein kleiner Konsum. Ich kaufe mir eine Schlager-Süßtafel. Sie schmeckt nicht, kostet aber nur achtzig Pfennig, und Süßes in mich hineinzustopfen, das fühlt sich jetzt irgendwie gut an. Sieht ja auch keiner. Ich wickele die Schokoladentafel aus und beiße hinein, als wäre sie ein Stück Brot. Das tut gut. Ich beiße noch mal hinein und grunze fast, so gut tut das. Beim Kauen starre ich auf den Fußboden, und plötzlich stehen da zwei Schuhe vor mir, die mich zum

Stehenbleiben zwingen. Ich schaue hoch und in den Schuhen steckt ein Junge. Es ist Gotthold. Ich verschlucke mich mörderisch. Braune Schokoladenspucketröpfchen fliegen durch die Luft. Gotthold klopft mir auf den Rücken und reicht mir ein Taschentuch. Es hat an den Seiten gehäkelte Kanten und ich frage mich, ob Gertrude die gehäkelt hat.

Wie peinlich das ist! Umständlich wische ich mir Gesicht und Hände ab. Hoffentlich habe ich nicht noch irgendwo braune Schokoladenspuren im Gesicht. Aber vielleicht würde Gotthold sie nicht einmal entdecken, weil ich nämlich dunkelrot angelaufen bin.

»Geht's wieder?«, fragt Gotthold.

Ich muss auf den Flaum starren, der auf seiner Oberlippe wächst. Ob er schon weiß, dass ich mich mit Gertrude gestritten habe? Ich versuche, die Schlager-Süßtafel verschwinden zu lassen, aber dazu müsste ich meinen Ranzen abnehmen.

Gotthold zeigt auf die Tafel.

»Ist ganz schön eklig, was?«

Ich nicke.

»Brauch ich aber auch manchmal. Gibst du mir ein Stück ab?«

Hab ich richtig gehört? Der will ein Stück von meiner Schokolade?

»Klar«, sage ich wie aus der Pistole geschossen. Und, na ja, was soll ich denn auch sonst antworten?

»Gehen wir ein Stück?«, fragt Gotthold.

Meine Verwunderung steigt. Eigentlich kennen wir uns ja gar nicht, und ich kann sehen, dass es Gotthold auch ein biss-

chen peinlich ist. Warum will der mich jetzt ein Stück begleiten? Dieser Tag wird immer merkwürdiger.

Gotthold und ich biegen in den kleinen Park ab.

»Ihr seid ja jetzt fast berühmt, was?«

Ich verstehe Gottholds Frage nicht.

»Berühmt?«

»Weil du doch mit meiner Schwester in der Zeitung bist.«

»Ach, das weißt du schon.«

»Machst du Witze? Alle reden darüber. In der Gemeinde
gab es Ärger deswegen. Vater sagt, es ist nicht gut für uns,
wenn Gertrude jetzt solche Sachen macht, weil wir doch einen Ausreiseantrag gestellt haben.«

»Ich weiß«, sage ich. Aber ich versteh nicht richtig, was er
meint. Doch plötzlich habe ich eine Ahnung, dass ich Gotthold nicht zufällig getroffen habe. Ich warte mal ab, wie das
weitergeht. Wir gehen schweigend durch den Park, die Schla-
ger-Tafel ist längst aufgegessen. Dann beginnt Gotthold zu
reden:

»Seit dem Ausreiseantrag dürfen wir ja nichts mehr. Ich
darf zum Beispiel kein Abitur machen, Vater nicht mehr veröffentlichen.«

»Ja, ich weiß. Hat mir Gertrude erzählt. Deshalb wird sie
von einigen in der Schule ungerecht behandelt.«

»Genau. Und wenn meine Schwester jetzt plötzlich anfängt, sich so linientreu zu verhalten, und den ganzen Pionierkram mitmacht ... Wie sieht denn das jetzt aus?«

Jetzt schau ich wirklich blöd aus der Wäsche. Linientreu?
Auf dieses Wort kann ich mir keinen Reim machen.

155

»Also, du weißt ja, wir haben andere Ansichten als andere. Das darf aber nicht sein. Hier, in der DDR, müssen alle dasselbe denken und gut finden. Darum ist Gertrude ja auch kein Pionier und darf vieles nicht mitmachen, was andere dürfen. Wegen alldem haben wir einen Ausreiseantrag gestellt, wir wollen dieses Land verlassen.«

Gotthold bleibt stehen, aber er schaut an mir vorbei. Er ist aufgeregt, das kann ich sehen. Auf dieses Gespräch hat er sich vorbereitet. Nach einer kurzen Pause redet er weiter:

»Und jetzt, so plötzlich, macht Gertrude lauter so Sachen. Plötzlich sammelt sie das meiste Altpapier, steht an der Straße der Besten und ist jetzt auch noch in der Zeitung, weil sie sich angeblich wie ein vorbildlicher Pionier verhalten hat. Dabei gehört sie doch nicht dazu, sie ist eben nicht wie die anderen. Das ist auffällig. Das könnte uns wieder neue Probleme bescheren, verstehst du?«

Gotthold atmet heftig. Er muss eine Pause machen und setzt sich auf eine Bank. Ich weiß überhaupt nicht, was ich sagen soll. Ich hab ja nicht im Traum damit gerechnet, dass Gertrudes Bruder mir all das erzählt.

»Wir werden von der Stasi überwacht«, sagt Gotthold dann. »Für die sind wir Staatsfeinde. Und die kriegen das alles mit, was da läuft.«

Sofort fallen mir die beiden Männer von den Garagen ein.

»Sie sehen, dass Gertrude sich plötzlich so merkwürdig verhält, und ich weiß natürlich nicht genau, was sie denken, aber vielleicht denken sie, das ist ein Trick. Dass wir vielleicht irgendwas vorhaben, dass wir etwas planen, ich weiß auch nicht, was. Aber wir wollen ja eigentlich nicht mehr auffallen, wir wollen hier nur noch weg, verstehst du? Und wenn Gertrude jetzt so komische Sachen macht ... Kannst du sie nicht einfach in Ruhe lassen?«

Ich nicke und denke gleichzeitig: Gertrude in Ruhe lassen – wie soll das gehen? Doch Gotthold spricht weiter.

»Was ist, wenn sie uns dann doch nicht ausreisen lassen und wir das alles hier für immer ertragen müssen? Ich wollte Musik studieren. Darf ich nicht. Ich darf nicht mal Abitur machen. Stattdessen muss ich in irgendeinem Betrieb an der Bohrmaschine stehen. Ist das dann mein Leben? Das halte ich nicht aus.«

Ich muss schlucken. Gotthold stützt die Ellbogen auf die Knie und vergräbt sein Gesicht in den Händen. Das war wie eine Beichte. Aber jetzt bin ich dran. Ich muss etwas dazu sagen.

»Wegen mir«, beginne ich. »Das war alles wegen mir. Ich habe Gertrude dazu gedrängt, all das mitzumachen. Ich hab das organisiert.«

Gotthold schaut hoch: »Ich weiß«, flüstert er.

»Kommando Rose«, flüstere ich, kaum hörbar. »Aber das war doch nicht böse gemeint!«, sage ich etwas lauter.

»Ich weiß.«

»Ich wollte, dass Gertrude nicht mehr so ungerecht behandelt wird. Ich wollte, dass sie sich wie ein vorbildlicher Pionier, wie ein sozialistischer Held benimmt, damit ihr keiner was anhaben kann. Ich wollte sie unangreifbar machen.«

»Eine, die anders ist als alle anderen, kann nie so werden wie alle anderen.«

Nach diesem Satz schweigen wir wieder eine Weile. Ich versuche, ihn zu durchdringen. Ich überlege, ob das stimmt. Kann man nicht so werden wie alle anderen? Doch, man kann. Man kann doch alles so machen wie alle anderen. Man zieht sich so an wie alle anderen, man besucht dieselben Leute, schaut dieselben Filme, hört dieselbe Musik. Alles ist ganz normal. Aber vielleicht wird derjenige damit nicht glücklich? Derjenige ist dann unglücklich, weil er nicht das denken, machen und sagen kann, was er wirklich will. Das, was ihn von den anderen unterscheidet. Das muss dann sein, als ob man immer verkleidet ist, man darf nie zeigen, wie man wirklich ist. Das ist schlimm.

»Ihr seid Freundinnen.«

Gotthold sagt das nicht wie eine Frage, sondern wie eine Feststellung. Er weiß bereits, dass es so ist. Ich antworte trotzdem.

»Ja!« Und meine Stimme ist fest.

»Weißt du eigentlich, dass unsere Eltern ihr verboten haben, ihre Freizeit mit dir zu verbringen?«

»Ja«, sage ich kleinlaut.

Das hat Gertrude bei Andi in der Garage erzählt. Automatisch muss ich an den Nachmittag bei Gertrude denken. Ich erinnere mich an die netten Worte ihrer Mutter, an das Kleid, die Brosche, den Tee, den sie aufs Zimmer gebracht hat.

»Sie haben nichts gegen dich«, spricht Gotthold weiter.

»Aber sie sagen, der Kontakt zu Gertrude würde dir nur Probleme bringen, und das wollen sie nicht. Sie wollen dich schützen. Aber meine Schwester macht eben nicht immer das, was sie soll.«

Gertrude war mit mir zusammen, obwohl sie das gar nicht durfte! Jetzt, da es Gotthold noch einmal erzählt, wird es mir noch mal richtig klar: Gertrude ist wirklich eine echte Freundin. Und ich war heute so blöd zu ihr. Nur weil sie mit Matze Eis essen gegangen ist. Ich bin wirklich bescheuert. Natürlich kann sie mit Matze Eis essen gehen, wann und wo sie will. Ich muss mit Gertrude reden.

»Wir haben uns heute gestritten.«

Jetzt beichte also ich. »Kannst du ihr eine Nachricht überbringen?«

»Das mache ich nicht.« Gotthold schluckt.

Hab ich mich verhört? Doch, er hat gesagt: »Das mache ich nicht.«

»Es ist besser, wenn ihr euch nicht mehr miteinander abgebt. Außerdem sind wir dann sowieso weg, wenn unser Ausreiseantrag endlich bewilligt wird. Such dir also lieber eine andere Freundin.«

Gottholds Stimme zittert, als er das sagt. Und er dreht sich um und geht. Ich bin fassungslos. So etwas Ungeheuerliches hat mir noch nie jemand ins Gesicht gesagt. Eine andere Freundin suchen. Der weiß wohl nicht, was er sagt. Dabei weiß ich, dass er bestimmt ganz genau weiß, was er sagt. Geplant war das doch! Die ganze Begegnung war geplant! Aber da hat er sich die Falsche ausgesucht! Ich halte zu Gertrude und es ist mir egal, wenn ich dadurch Probleme bekomme! Gertrude ist meine Freundin!

Aber was, wenn Gertrude Probleme bekommt, weil ich mich nicht von ihr fernhalte? Was ist denn das nur für eine verteufelte Situation? Was soll ich machen?

*Es ist schwer weiterzugehen wenn man nahezu da ist aber nicht nahe genug um zuzusehen dass man schnell hinkommt.*

Da fällt sie mir wieder ein, Gertrude Stein, die Gertrude, die zuerst auf der Welt war. Aber für mich war zuerst meine Gertrude da. Erst durch sie habe ich all das kennengelernt. Und ich werde Gertrude nicht einfach in Ruhe lassen. Niemals! Das würde sie auch nicht tun! Sie hat sich trotz des Verbots ihrer Eltern mit mir getroffen. Wir halten zusammen. Trotz Streit! Trotz Matze! Trotz allen!

Plötzlich fällt mir ein, dass mir Gotthold vielleicht sagen kann, wo Andi abgeblieben ist. Ich renne zurück, noch ist Gotthold nicht aus meinem Blickfeld verschwunden. Ich erreiche ihn keuchend und reiße Gotthold am Arm herum.

»Kannst du mir wenigstens noch was anderes verraten? Kennst du Andi? Hat so lange blonde Haare, 'ne Jeansjacke und redet nicht viel.« Gotthold wird plötzlich rot. Er schüttelt heftig den Kopf.

»Aber bestimmt kennst du den. Gertrude kennt ihn auch.«

Gotthold beißt sich auf die Lippen, schüttelt noch heftiger den Kopf und dreht sich plötzlich um. Als ob er was versteckt. Er schüttelt noch einmal den Kopf, reißt sich los und geht. Und ich steh wieder einmal da wie ein Hornochse.

Ich renne nach Hause. Ich will weg. Ich will meine Ruhe. Ich will mein vertrautes Zimmer, ich will das Begrüßungsgeknatter von Leo und Lieschen, ich will, dass Mutti bei mir ist. Ich glaube, ich habe Angst. Das wächst mir alles über den Kopf. Gleichzeitig ist tief in mir drin eine Kraft, die mich erschreckt. Die Kraft ist für Gertrude. Ich weiß nur noch nicht, wie ich die Kraft zu ihr bringe.

Als ich unsere Wohnungstür aufschließen will, wird sie von innen geöffnet. Mutti ist da. Um diese Zeit? Sie hat einen merkwürdigen Gesichtsausdruck. Als sie mich sieht, kann ich hören, wie sie laut ausatmet, und dann nimmt sie mich in den Arm.

»Du hattest vorhin Besuch.« Mutti lächelt. »Gertrude war hier und hat nach dir gefragt.«

Ich befreie mich augenblicklich aus Muttis Umarmung.

»Was hat sie gesagt? Wie war sie? War sie allein?«

»Ja. Ja. Sie hat nicht viel gesagt. Na ja«, Mutti sieht mich nachdenklich an. »Sie war irgendwie durcheinander und in Eile. Ich soll dir einen Gruß bestellen.«

Oh nein. Oh nein. Oh nein. Oh nein. Mehr kann ich gerade nicht denken. Ich blicke hoch und sehe, dass mich Mutti mit einem merkwürdigen Blick anschaut.

»Wir haben uns gestritten.«

Jetzt ist es raus.

»Es ist alles ganz schrecklich. Wir haben uns gestritten und Gertrudes Eltern wollen auch nicht, dass Gertrude zu mir kommt, damit wir keinen Ärger kriegen, aber Gotthold sagt, die Stasi ist hinter ihnen her, die beobachten jetzt alle ganz genau und Andi ist verschwunden und du hast eine Vorladung in der Schule. Ich weiß nicht mehr, was ich machen soll.«

Mutti hält mich fest und streichelt meinen Rücken.

»Und ich bin nicht mehr Chefsekretärin.«

Ich höre kurz auf zu atmen. Ich löse mich aus der Umarmung und schaue Mutti fragend an.

»Ich hab mich an eine andere Stelle im Betrieb versetzen lassen. Ich kann nicht mehr im Vorzimmer von Gerd sitzen. Wir sind ja nun auseinander, und das funktioniert so nicht, das Zusammenarbeiten. Ich arbeite jetzt in einem anderen Bereich, mit anderen Kollegen.«

Mutti ist keine Chefsekretärin mehr. Ich sehe plötzlich lauter kleine Fältchen in ihrem Gesicht, die ich vorher noch nie bemerkt habe. Und Muttis schöner Mund, der an schönen Tagen leuchtet wie ein kleines Herz, ist schmal und zusammengepresst.

Mutti beginnt, auf und ab zu laufen. Zwischendrin füllt sie den Kessel mit Wasser, steckt die Pfeiftülle drauf und zündet den Gasherd an. Nun ist die Küche mit dem Rauschen des Herdes erfüllt. Es geht eine Wärme vom Herd aus, sie bläst der Sommerhitze, die im Raum steht, entgegen. Es kämpft heiße Luft mit heißer Luft. Wenn man durch die Hitze der Gasflammen hindurchschaut, bewegt sich die Küche in dem Flackerschein wie in Zeitlupe. Ich bekomme Kopfschmerzen davon. Mein Mund ist trocken. Ich will nicht warten, bis Mutti Pfefferminztee gekocht hat und der so kalt geworden ist, dass ich ihn trinken kann. Ich öffne unseren Vorratsschrank und nehme eine Flasche Orancia. Mutti sieht mir stumm zu, wie ich die Flasche öffne und zwei Gläser fülle. Sie protestiert nicht. Nach einer Weile schaltet sie den Herd einfach ab und kommt zu mir, setzt sich an den Tisch. Sie nimmt eines der dickwandigen, geriffelten Brausegläser und prostet mir zu. Wir trinken.

»Irgendwie ist alles in Bewegung geraten, was?« Mutti sieht mich fragend an.

»Was?«, frage ich zurück.

»Dein Ärger in der Schule, meine Arbeit, komische Bemerkungen von anderen Leuten, zum Beispiel von der Speckmantel. Und manchmal habe ich das Gefühl, ich werde beobachtet. Es ist so eine Unsicherheit.«

»Es hat angefangen, als ich eine Freundin gefunden habe.« Ernst blicke ich Mutti an. »Mit Gertrude hat es angefangen. Ich habe die beste Freundin gefunden, die ich je hatte, und seitdem ist alles kompliziert.«

Und dann muss ich weinen. Ich kann nichts dagegen machen. Es fließt einfach so aus mir heraus. Ein Schluchzen schüttelt mich und verzerrt meinen Mund mit einer fremden Kraft, sodass ich ihn nicht mehr schließen kann. Mutti schaut mich entsetzt an, sie steht so schnell auf, dass ihr Stuhl umfällt, sie eilt zu mir und beugt sich über mich, um mich zu umarmen.

»Mein Kleines«, flüstert sie. Und ich heule und heule. Und dann heult Mutti mit. Ich rutsche beiseite, sodass sie neben mir auf den Stuhl passt. Dann sitzen wir da und heulen, Arm in Arm. Schluchzend versuche ich, Mutti zu erklären,

163

was Gertrude für mich ist. Dass ich noch nie einen Menschen kannte, der irgendwie mit ihr vergleichbar wäre. Und das ist gar nicht so leicht. Denn wie soll man Freundschaft erklären? Das lässt sich mit nichts richtig vergleichen, Freundschaft. Oder doch? Freundschaft, das fühlt sich an wie ein Schatten, der einen kühlt, wenn man viel zu lange durch heiße Sonne gelaufen ist, so lange, dass einem alles wehtut und man das Gefühl hat, gleich geht es nicht mehr weiter, und dann kommt man plötzlich in den Schatten und sofort ist alles so ... so angenehm und es wird immer schöner und schöner und der Schatten kühlt, er kühlt, bis man Gänsehaut bekommt und sich die Härchen am Arm alle aufstellen, und das krabbelt bis überallhin, in jede Spitze, und man will nicht, dass das je aufhört. So fühlt sich Freundschaft an. Gertrude ist mein guter Schatten, sie macht mich ruhig. Wenn sie da ist, blendet nichts, tut nichts weh, ist alles sanft. Gertrude, die Sanfte. Das klingt verrückt. Das kann ich niemandem erzählen, nicht mal Mutti. Deshalb behalte ich es lieber für mich.

»Ich mache mir solche Sorgen um Gertrude«, schluchze ich in Muttis Armbeuge. »Wir haben uns gestritten. Ich will ihr sagen, dass ich dämlich war, ich will mich entschuldigen. Ich habe Angst, dass sie denkt, dass ich nicht mehr ihre Freundin bin, und sie hat doch sonst keine Freundin, und ich will, dass sie weiß, dass sie sich auf mich verlassen kann.«

Mutti streicht mir über den Kopf. Sie hat aufgehört zu weinen. Sie steht von unserem Stuhl auf, hockt sich hin und dreht mich zu sich herum, sodass ich von oben in ihr Gesicht sehen kann. Wie ein Haufen Unglück sitze ich auf unserem Küchenstuhl. Sie nimmt meine Hände in ihre, lächelt und sagt:

»Wir gehen jetzt zu deiner Gertrude. Wir schauen, was los ist. Wenn sie so wichtig für dich ist.«

Dann macht sie eine Pause.

»Wir wagen jetzt alles.«

Ich kann kaum glauben, was Mutti da sagt. Erst verbietet sie mir, mit Gertrude zusammen zu sein, und jetzt das.

Sie streicht mir über das Gesicht, als ob sie mein Erstaunen wegwischen will.

»Weißt du, vielleicht ist Gertrude schon bald weg. Ganz weg. Unerreichbar«, flüstere ich.

Mutti nickt. »Ich weiß, der Ausreiseantrag.«

Nach einer Weile setzt sich Mutti auf den Fußboden. Ich könnte auch nicht so lange hocken, davon tun einem die Knie weh, das kenne ich. Aber ich will sie nicht allein auf dem Küchenfußboden sitzen lassen. Ich krabbele zu ihr, und jetzt sitzen wir beide auf dem Küchenfußboden, nebeneinander, und starren auf das Muster des Linoleums.

»Du bist so mutig, Ina«, sagt Mutti. »Das war ich nie. Schon gar nicht in deinem Alter. Das ist schön. Das bewundere ich an dir. Du setzt dich kompromisslos für Gertrude ein, egal, welche Probleme du dadurch bekommst. Ich kenne niemanden, der das für mich tun würde. Aber es muss Menschen geben, die so sind.«

Jetzt fange ich gleich wieder an zu weinen. Mutti tut es

sowieso schon wieder. Schließlich steht sie ächzend auf und sagt:

»Ich gehe jetzt ins Bad und richte mich wieder her. Denn was soll Gertrude von mir denken, wenn ich so verheult mit dir vor ihrer Tür stehe.«

Ich muss lachen, unter Tränen. Ich weiß, dass ich diese Stunde mit Mutti in der Küche in meinem ganzen Leben nicht vergessen werde.

## 9

Wir schleichen uns im Treppenhaus hinunter. Es ist Abendbrotzeit. Bei Schmidts hört man die Sandmännchen-Musik aus der Wohnung. Womit der Sandmann heute Abend wohl anreist? Mit einem Raumschiff oder mit der Eisenbahn? Als ich klein war, mochte ich es, wenn der Sandmann eingemummelt mit einem Pferdeschlitten durch Sibirien fuhr und für seinen Abendgruß in einem alten russischen Holzhaus haltmachte. Eine Omi mit einem dicken Kopftuch, Babuschka heißt die in der Sowjetunion, lässt ihn herein an den warmen Ofen und gibt ihm ein Glas Tee aus dem Samowar.

»Lass uns lieber den Hinterausgang nehmen«, sagt Mutti. »Dann kann uns wenigstens Frau Speckmantel nicht sehen, falls die zufällig gerade auf dem Wäscheplatz ist. Ich

hab keine Lust, jetzt auch noch der über den Weg zu laufen.«

Der Abend ist lau, die Hitze hat nachgelassen. Ich kann mich nicht erinnern, dass ich schon einmal so einen heißen Sommer erlebt habe. Aber vielleicht kommt es mir nur so vor, weil ich Gertrude bis zu diesem Sommer nicht kannte. Es ist mein erster Sommer mit Gertrude, und ich frage mich, ob es auch einen Herbst mit Gertrude gibt und einen ersten Winter. Wir müssen doch noch so viel zusammen entdecken!

Unterwegs fasst Mutti meine Hand. Das haben wir wahrscheinlich das letzte Mal gemacht, als ich drei Jahre alt war oder so. Jetzt ist es ein Zeichen dafür, dass wir eine Einheit sind. Wir lassen uns nichts gefallen. Wir sind stark, wir lassen uns nicht wegbeißen. Mir fällt der Hund von dem Mädchen Rose aus Gertrude Steins Buch ein. Er heißt Love, das heißt Liebe. Davon hab ich was in mir. Und ich habe keine Angst, genau wie Love.

*Und wenn Love dann später ein wildes Tier sah er sah manchmal eins jeder sieht manchmal eins dann bellte er nicht er drehte nur einfach den Kopf weg wie um zu sagen einmal hab ich's gemacht aber nie wieder wilde Tiere sind uninteressant.*

Wie immer muss man alles, was diese Gertrude Stein geschrieben hat, mehrmals lesen, um es zu verstehen. Weil sie es nicht so mit den Kommas hat. Anfangs hat mich das sehr gestört, dass da keine Kommas sind in ihrem Buch, aber mittlerweile mag ich das. Man muss alles sorgfältig lesen. Man muss überall genau hinschauen. Kommas geben einem so eine Sicherheit, da fliegt man einfach so drüber über die Sätze. Bei Gertrude Stein muss man ganz genau lesen. Das gefällt mir.

»Was du alles so kennst«, sagt Mutti kopfschüttelnd, als ich ihr die Zeilen von Gertrude Stein aufsage.

Ich schiebe gleich noch einen meiner Lieblingssätze hinterher: »*Rose dachte sie dächte viel nach aber darüber dachte sie nie nach.*«

Mutti kichert: »Das muss ich mir merken. Kann ich mal im Betrieb anbringen.«

Wir lachen. Und dann steigt die Aufregung in mir drin wieder haushoch an. Sie bläst sich auf, und ich will nicht, dass sie mit einem Knall zerplatzt. Natürlich soll die Aufregung in mir nicht immer so dick und rund bleiben, sonst werde ich ja wahnsinnig. Aber sie muss langsam entweichen. Durch ein kleines Loch. Wir stehen vor Gertrudes Tür, und als ich mit dem Finger auf den Klingelknopf drücke, ist das genau der Piks, den meine Aufregung braucht, um erträglich zu werden. Die Tür wird nämlich aufgerissen und jetzt gibt es kein Zurück mehr.

Gertrudes Mutter steht vor uns. Und sie schaut einigermaßen verblüfft aus der Wäsche. Wieder trägt sie Sachen, die sonst keiner anhat. Ihre Hosen sind so weit, dass sie fast wie ein Rock aussehen, und auf den Schenkeln sind außerdem noch große Taschen drauf, die total ausgebeult sind, weil sie mit irgendwas vollgestopft sind. Darüber fällt ein riesiger roter Umhang mit überdimensional großen Knöpfen.

»Hallo, Frau Leberecht«, sage ich, um den Anfang zu machen.

Es geht ein kleiner Ruck durch Gertrudes Mutter. Sie holt tief Luft, nimmt die Hände vor ihr Gesicht, und als sie sie wieder sinken lässt, lächelt sie.

»Du sollst doch Vera zu mir sagen, Ina!«

Das Eis ist gebrochen. Mit einer Geste bittet uns Frau Leberecht, also Vera, herein. Bevor sie die Tür schließt, lässt sie ihre Blicke auf der Straße hin und her wandern: Beobachtet uns jemand?

Wenn sie sich bewegt, weht ein Hauch aus ihren wallenden Kleidern. Es riecht sehr gut, aber ich kann den Duft nicht beschreiben, es riecht gesund und zart und kräftig zugleich.

Vera schließt die Tür. Wir stehen im Flur. Wer macht den Anfang?

»Ich weiß nicht, ob das gut ist, dass wir zu Ihnen kommen, ich weiß nur, dass es richtig ist.«

Als Mutti das sagt, zittert ihre Stimme. Veras Augen füllen sich mit Tränen. So stehen wir drei im Flur. Stumm und überwältigt. Keine weiß, was sie als Nächstes tun soll.

Plötzlich kommt etwas auf uns zugerast, und ehe ich mich's versehe, klebt Gertrude an mir dran.

»Du bist gekommen«, murmelt sie ganz dicht an meinem Ohr und das kitzelt.

Dann kommt Gotthold in den Flur. Ich kann seinen Gesichtsausdruck schwer deuten, aber irgendwie kommt es mir vor, als ob er Angst hat. Schon wieder. Immer hat er Angst, dieser Gotthold.

Dann erscheint ein Mann am Ende des Flurs, groß, bärtig, helle Augen. Das muss Gertrudes Vater sein. Fragend schaut er seine Frau an, die lächelt unter Tränen. Dann ertönt weiteres Fußgetrappel. Der Flur wird immer voller. Es sind die restlichen Geschwister von Gertrude: Bettine, Wilhelm und der kleine Theodor. Alle schauen wir uns ratlos an, bis Theodor die Situation auflöst und ruft:

»Ich habe Hunger!«

»Wir wollten eben zu Abend essen«, erklärt Vera.

»Bitte setzen Sie sich zu uns«, sagt Gertrudes Vater. Seine Stimme ist tief und warm und irgendwie weit weg.

Unser Tross setzt sich in Bewegung in Richtung Küche. Mutti will ihre Schuhe ausziehen, aber Vera hindert sie daran. »Nicht nötig«, sagt sie. Ich kann Muttis Staunen sehen. Sie kennt keine einzige Wohnung, in der man nicht im Flur die Schuhe ausziehen muss.

In der Küche ist der riesige Tisch gedeckt. Bettine holt zwei weitere Teller und Gläser. Gotthold schiebt Stühle an den Tisch.

Mutti steht mit offenem Mund da und tastet mit ihren Augen den Raum ab. Sie sieht in dieser Wohnung so fremd aus, wie von außen hineingeworfen.

»Bitte setzen Sie sich, Frau Damaschke«, sagt Gertrudes Mutter.

»Bitte sagen Sie Karla zu mir.« Mutti lächelt schüchtern.

»Ich bin Vera und das ist Simon, mein Mann.«

Dann sitzen alle. Gertrudes Geschwister sagen keinen Mucks. Niemand sagt etwas. Alle schauen etwas überfordert in die Runde. Unterm Tisch hält Gertrude meine Hand. Sie lächelt mir zu. Das Licht der Kerzen auf dem Tisch flackert in ihren blauen Augen.

Dann löst Vera die Verlegenheit: »Wir essen jetzt erst einmal!«

Plötzlich lässt Gertrude meine Hand los. Alle falten die Hände, und Gertrudes Vater beginnt, ein Tischgebet zu sprechen. Mutti und ich schauen uns unsicher an. Aber Vera lächelt uns beruhigend zu. Als das Gebet fertig ist, klemmt sich Simon, Gertrudes Vater, ein großes Brot in die Armbeuge und schneidet mit dem Messer eine Scheibe nach der anderen ab. Die Scheiben sind fast identisch und sehen überhaupt nicht aus wie von Hand geschnitten. Alle schmieren sich ihre Brote. Gertrude streut Salz auf ihre Butter. Wir essen. Niemand sagt etwas. Die Teekanne geht herum. Dieses Abendbrot ist so einfach und trotzdem habe ich noch nie so eine feierliche Mahlzeit erlebt. Schüchtern lächeln wir uns alle über den Tisch an. Schließlich beginnt Vera wieder zu reden. Sie zeigt mit der ausgestreckten Hand auf jeden Einzelnen und stellt alle mit Namen vor. Als sie fertig ist, platzt es aus Gertrude heraus: »Und das ist Ina!« Sofort schaut Gotthold runter auf seinen Teller.

Plötzlich richtet sich Mutti, die links von mir sitzt, gerade auf. Sie will etwas sagen. Sie klingelt mit dem Löffel gegen ihr Glas. Alle sind gespannt.

»Sie fragen sich sicher, warum meine Tochter und ich einfach so unangemeldet bei Ihnen … euch … auftauchen. Eigentlich sollten wir nicht hier sein. Ich weiß, dass es nicht gut ist für Ina und auch für Sie … ich meine, euch. Sicher haben die da draußen das schon mitbekommen …«

Gertrudes Vater fällt Mutti ins Wort: »Ganz sicher, Karla«, sagt er und es hört sich ganz komisch an, wenn Gertrudes Vater Mutti beim Vornamen nennt. »Die wissen längst, dass ihr hier seid, da gibt es kein Zurück mehr. Spätestens seit unserem Ausreiseantrag werden wir überwacht. Und wie du vielleicht weißt, gefällt es denen da oben nicht, was ich schreibe.«

Mutti schluckt. »Ich weiß. Aber ich will dieses Versteckspiel nicht mehr. Ina und Gertrude, unsere beiden Mädchen, haben sich von Anfang an nichts verbieten lassen. Und seit Ina Gertrude kennt, ist sie so anders geworden, so groß, so mutig. Ich will auch mutig sein.«

Den letzten Satz hört man kaum noch. Mutti lässt sich zurück auf den Stuhl fallen.

Unterm Tisch halte ich jetzt mit der rechten Hand Gertrude fest und mit der linken Mutti.

Vera beginnt zu reden.

»Wir hatten Gertrude verboten, mit Ina zusammen zu sein. Nicht, weil wir etwas gegen Ina haben, im Gegenteil. Wir haben Ina sehr gern, aber wir wollten nicht, dass ihr durch uns Probleme bekommt.«

Alle nicken.

Dann sagt Vera lächelnd: »Aber die beiden wissen es besser. Sie folgen ihrem Herzen.«

»Wenn es die beste Freundin ist, dann geht es nicht anders.« Das sagt Bettine, und sie lächelt mir über den Tisch hinüber zu. Sie sieht sehr nett aus. Ihre Augen ähneln denen Gertrudes, aber Gertrudes Augen sind blauer.

Theodor liegt neben Bettine mit dem Oberkörper auf seinem Platz und spielt mit seinem Messer. Das Messer fährt, begleitet von Geräuschen, die er mit dem Mund macht, um seinen Teller herum.

»Ist dein Messer ein LKW?«, frage ich.

Theodor schüttelt den Kopf: »Es ist ein Boot!«

Wilhelm nimmt sein Messer, steckt es unter den Tisch und sagt: »Mein Messer ist ein U-Boot.« Alle lachen.

»Heute ist ein besonderer Anlass für unseren selbst gebrannten Likör«, sagt Vera und erhebt sich.

Gertrudes Vater guckt immer noch sehr ernst, es liegt eine tiefe Traurigkeit auf seinem Gesicht, und ich frage mich, ob das immer so ist, und es tut mir ganz schrecklich leid. Bestimmt vermisst er seinen Bruder, Onkel Paul. Dann steht Simon auf. Er blickt Mutti und mich an.

»Ich möchte, dass ihr wisst, dass ihr in unserem Hause immer willkommen seid. Und auch wenn ihr es euch anders überlegt und uns meidet, weil es besser für euch ist, dann sollt ihr wissen: Wir verstehen das. Wir machen euch keinen Vorwurf. Wir wissen, was es heißt, wenn man bei denen auf der Liste steht.«

Mutti schluckt und nickt. Ich bekomme fast ein bisschen Angst. Wird jetzt wirklich alles anders für uns? Ist die Entscheidung für Gertrude so weitreichend? Verändert sie alles?

Dann holt Simon lauter kleine Likörgläser. Er nickt Bettine zu und die steht freudestrahlend auf und holt noch eine Flasche aus dem Schrank.

»Kindersekt!«, ruft sie lachend. »Wir dürfen heute Kindersekt trinken.«

»Juchhu!«, brüllt Gertrude. Und im gleichen Atemzug erklärt sie mir: »Das ist ein bisschen wie Brause. Mutter stellt das alles selbst her, im Keller, in großen Glasballons.«

Ich koste den Sekt und der Geschmack ist mir völlig neu.

»Er ist aus Holunderblüten, die haben wir gesammelt«, erklärt Gertrude. »Den mit Alkohol trinken die Erwachsenen.«

Alle prosten sich zu, und so, wie Mutti guckt, scheint der Holunderlikör gut zu schmecken. Langsam wird es laut in der Küche. Die Kinder schnattern durcheinander, nur Gotthold ist still. Vera unterhält sich mit Mutti, Simon sitzt daneben und streicht sich über den Vollbart. Ich drehe mich ganz zu Gertrude.

»Ich wollte dir sagen, dass ich heute blöd war, auf dem Schulhof ...«

Mit einer Geste schneidet mir Gertrude das Wort ab.

»Wir haben uns beide blöd benommen.«

»Wie war es denn mit Matze?«

»Eigentlich nett. Er ist anders als die anderen Jungen, weißt du. Er lacht nicht an den falschen Stellen und er will immer alles ganz genau wissen. Er hat mir jede Menge Fragen gestellt. Du hättest ruhig mitkommen sollen, Ina.«

»Ich hatte Angst, dass du mit ihm zusammen bist und ich überflüssig bin. Gehst du mit Matze?«

Meine Frage kommt wie herausgeschossen. Ich habe nicht nachgedacht, wie immer. Aber ich muss das wissen! Gertrude wird knallrot.

»Was?! Wo denkst du hin? Ich geh doch nicht mit Matze.«

»Er hat sich bestimmt nicht getraut zu fragen«, überlege ich laut. Aber meine Überlegung geht im Krach unter. Wilhelm kitzelt Theodor durch und der quietscht und gackert ganz laut. Vera lacht laut mit, aber Simon legt den Zeigefinger auf den Mund. Mir kommt es vor, als ob Gertrudes Vater die Vorsicht in Person ist, so ernst und in sich gekehrt. Ein bisschen macht er mir Angst. Gertrudes Mutter ist anders. Sie hat es schon geschafft, dass Mutti rote Wangen bekommt. Die beiden sind so verschieden, schon allein, wie sie aussehen, trotzdem scheinen sie sich gut zu verstehen. Sie unterhalten sich angeregt. Manchmal im Gespräch legt Vera ihre Hand auf das Bein ihres Mannes. Dann hebt er jedes Mal den Kopf, so als ob die Berührung seiner Frau ihn daran erinnert: Komm, Kopf hoch, alles wird gut. Und tatsächlich geht von Gertrudes Mutter eine Kraft aus, die ich nicht beschreiben kann. In ihrer Nähe fühlt man sich wie selbstverständlich. Ich schaue zu Mutti. Sie lächelt mir zu. Ich komme mir plötzlich so erwachsen vor. Dann steht Vera auf und öffnet einen Schrank. Sie zeigt Mutti ihr Geschirr, das sie selbst getöpfert hat. Mutti wendet die merkwürdigen Tassengebilde staunend hin und her und ich muss über ihren Gesichtsausdruck lachen. Ich glaube nicht, dass ihr diese Tassen wirklich gefallen.

Plötzlich erhebt sich Gertrudes Vater.

»Lasst uns etwas spielen!«, ruft er. Das sagt er ganz bestimmt, so, als dulde er keine Widerrede. Und sofort erheben sich alle und wir gehen hinüber ins Wohnzimmer. Muttis Mund bleibt offen stehen, als sie die überfüllten Regale, Setzkästen und die Kommode sieht. Alles vollgestellt und staubig. So sieht es bei uns nie aus. Neugierig beäugt Mutti all die kleinen Sachen und vor allem die vielen Buchrücken.

»Wir können nicht alles mitnehmen, sollten wir irgendwann ausreisen dürfen«, sagt Vera zu Mutti.

Das kann ich mir wirklich nicht vorstellen, wie das ist. Alles stehen und liegen lassen, nur ein paar Koffer packen und dann gehen – für immer. Dahin gehen, wo es fremd ist. Ist das wirklich die bessere Wahl? Aber dort, wo Leberechts hingehen, dürfen sie wohl so sein, wie sie wollen. Dort dürfen sie wohl sagen, was sie denken, tun, was sie wollen. Hier nicht.

Bettine setzt sich an den Flügel. Simon holt ein Cello aus seinem Kasten und Gertrude neben mir hat plötzlich eine Geige in der Hand. Sie lächelt.

»Du kannst Geige spielen?«, frage ich ehrfurchtsvoll.

»Nur ein bisschen«, sagt Gertrude.

Aber das ist glatt gelogen. Denn die drei spielen eine Musik, die mir fast die Tränen in die Augen treibt. Mal ist sie schnell wie eine Verfolgungsjagd, mal langsam seufzend voller Trauer. Gertrude spielt mit geschlossenen Augen, ihr Oberkörper wiegt sich hin und her. Auch ihr Vater am Cello hat die Augen geschlossen. Sie spielen, als würden sie sich in einem völlig anderen Raum befinden, als wären wir alle gar nicht da.

Als der letzte klagende Ton langsam verklingt, herrscht noch eine Weile Ruhe im Wohnzimmer, dann klatschen wir alle wie verrückt. Simon verbeugt sich leicht. Dann lächelt er seine zwei jüngsten Söhne an. Wenn Gertrudes Vater lächelt, sieht er ganz anders aus. Dann verschwindet diese Grabesstille aus seinem Gesicht und selbst sein Vollbart sieht lustig aus.

Wilhelm und Theodor treten nach vorn. Bettine baut schon einen kleinen Notenständer auf und die beiden Jungs wärmen ihre Blockflöten. Dann spielen sie zwei, drei kleine, einfache Melodien. Theodor trifft nicht jeden Ton. Ehrlich gesagt fietscht es ganz schön, wenn Gertrudes jüngster Bruder spielt. Trotzdem fällt der Applaus nicht geringer aus. Alle klatschen. Theodor grinst über beide Backen und zeigt uns die schönsten Zahnlücken. Dann spielen Bettine, Gertrude und Simon noch ein paar andere Melodien, lustigere als die erste. Wilhelm und Theodor tanzen dazu, sie sind ganz aufgekratzt und albern. Die Stimmung wird immer ausgelassener und ich fühle mich so wohl und richtig hier.

Als Bettine den Flügel zuklappt, steht plötzlich Gotthold schweigend in der Mitte des Zimmers. Erst jetzt fällt mir auf, dass er sich die ganze Zeit zurückgezogen hatte. Dabei wette ich, dass auch er mindestens zwei Musikinstrumente beherrscht, schließlich wollte er Musik studieren. Oder will er gar was vorsingen? Ich merke, wie mir stellvertretend die Röte ins Gesicht schießt. Vor der Klasse singen ist so ziem-

178

lich mit das Schlimmste, was man machen muss, finde ich. Aber hier, bei Leberechts, wäre es, glaube ich, nicht ganz so schlimm. Das Wohnzimmer hier fühlt sich an wie ein Versteck, hier könnte ich vielleicht sogar singen, ohne vor Scham im Boden zu versinken.

Aber Gotthold will nicht singen. Vera merkt gleich, dass etwas ist. Sie geht zu ihm, flüstert ihm etwas ins Ohr. Gotthold schüttelt den Kopf. Simon, der gerade die Musikinstrumente wegräumt, sieht, was vor sich geht, und hält auf der Stelle inne.

»Ich will etwas sagen.«

Gotthold spricht so laut, dass alle sofort verstummen. Er guckt jetzt nicht mehr auf den Boden, er schaut uns aufrecht an.

»Es ist wegen Andi.«

Vor Erstaunen öffnet sich mein Mund. Er kennt ihn also doch!

»Andi, der zu den offenen Abenden in unserer Gemeinde kommt, ihr wisst schon.«

Vera muss sich setzen. Gertrude kommt zu mir und legt mir den Arm um die Schulter. Vor meinem inneren Auge sehe ich uns an dem Tag, als wir die Schule geschwänzt haben und bei Andi in der Garage saßen, wie wir geredet haben. Andi, der uns wie Freunde behandelt hat.

Gotthold spricht weiter: »Seit einiger Zeit ist Andi verschwunden. Ich glaube, sie haben ihn weggebracht, in Untersuchungshaft.«

Vera entfährt ein kurzer Schrei, dann presst sie die Hände

vor den Mund. Ich bin fassungslos. Er weiß also doch, was mit Andi passiert ist!

»Ich bin schuld daran«, sagt Gotthold. Seine Worte dröhnen im Zimmer. Simon lässt seinen Kopf tiefer denn je hängen. Gertrude zittert und ich weiß nicht, was ich denken soll. Mein Andi. Mein armer Andi. Im Gefängnis.

Gotthold schluckt.

»Seit Wochen ist ein Spitzel der Stasi an mir dran, er verfolgt mich. Er will, dass ich für ihn spioniere, bei den offenen Abenden. Er hat gesagt, wenn ich nicht kooperiere, dann dürfen wir nie ausreisen. Es hinge ganz von mir ab. Sie wollten Namen von mir, wer zu den offenen Abenden kommt und besonders laut mitdiskutiert. Ich hab Andi verraten. Ich hatte Angst, dass wir hier nie rauskommen.«

Dann kommt nichts mehr. Vera schluchzt auf und nimmt Gotthold in die Arme. Gotthold scheint jetzt wie leer. Er starrt mit einem verzweifelten Gesichtsausdruck in die Luft. Mutti sucht hilflos meinen Blick.

»Wir können Andi im Moment nicht helfen.«

Simons Stimme ist noch tiefer und rauer geworden.

»Wir können nur hoffen, dass er uns verzeihen wird. Und auch wenn es deine Schuld ist, hast du doch so gehandelt, weil du uns schützen wolltest. Du hattest Angst. Angst zu haben ist kein Verbrechen. Aber Angst ist ein gefährlicher Motor. Sie treibt uns zu Dingen an, die wir eigentlich nicht tun wollen. Das wissen die da draußen ganz genau.«

»Gräm dich nicht zu sehr«, tröstet Vera ihren Sohn.

Gotthold sieht zu mir herüber.

»Entschuldige, dass ich dich angelogen hab«, flüstert er mir zu.

Ich nicke. Das ist jetzt auch egal. Andi in Untersuchungshaft. Ganz allein. Wer weiß, wie es ihm dort ergeht. Wir sitzen alle wie ein Häufchen Unglück im Zimmer. Plötzlich steht Vera auf, sie füllt alle Gläser, erhebt ihr Glas und sagt:»Lasst uns auf Andi anstoßen. Wenigstens in Gedanken können wir bei ihm sein. Wir wollen für ihn beten.«

Alle fangen an zu murmeln. Ich weiß nicht, wie Beten geht. Ich glaube ja gar nicht an diesen Gott. Aber irgendwie würde ich gern mitbeten. Ich mache es einfach, irgendwie, es wird schon nicht falsch sein. Ich schließe die Augen und flüstere:»Bitte lass Andi nichts geschehen. Bitte mach, dass er weiß, dass wir an ihn denken. Bitte lass ihn bald wieder frei kommen.«

So, jetzt noch das Amen. Jetzt müsste es richtig sein. Ich fühle mich besser. Ich denke an Andis Pullover und wie er gerochen hat, ich höre, wie er sagt:»Süße, bleib, wie du bist.«

Plötzlich zupft etwas an mir. Gertrude zieht mich in die Küche. Wir setzen uns dort auf das rote Sofa an der Wand.

»Unser Andi«, sagt Gertrude traurig. Wir lehnen unsere Köpfe aneinander und schweigen.

Als Mutti und ich eingehenkelt nach Hause laufen, spüre ich etwas im Rücken. Ist da was? Folgt uns jemand? Werden wir beobachtet? Ich habe keine Angst. Doch, natürlich habe ich

Angst. Aber das zeige ich denen nicht. Ein Wind kommt auf. Das erste Mal, seit ich Gertrude kenne, ist es ein kühler Wind. Als ob der Sommer vorbei wäre. Dabei fangen die Sommerferien erst an: zwei lange Monate. Wird Gertrude dann noch da sein?

# 10

Inzwischen ist seit unserem Besuch bei Gertrudes Familie viel Zeit vergangen und viel passiert. Ich weiß gar nicht, wo ich anfangen soll. Vielleicht mit der Vorladung. Ich musste ja mit Mutti in die Schule, zu einem Gespräch mit Frau Wendler und dem Direx. Die fingen gleich an zu erzählen, ich wäre total schlecht geworden in der Schule, und haben dabei extrem übertrieben. Mutti hat immerzu dasselbe gesagt: Ich würde mich bessern und so weiter und das wäre nur eine Phase und ich würde sehr gern in die Schule gehen und den Lehrstoff mit Interesse verfolgen. Irgendwann sind sie dann zum eigentlichen Thema gekommen: Gertrude. Sie haben gesagt, dass Gertrude einen schlechten Einfluss auf mich habe, dass Gertrudes Familie Feinde des Sozialismus seien und alles, was die DDR erreicht hat, zerstören wollten. Da musste ich schon schlucken, denn das stimmt ja überhaupt nicht. Ich kenne keine friedlicheren

Leute als die Leberechts, die zerstören nichts! Gesagt habe ich da aber nichts, denn ich hatte vor dem Gespräch mit Mutti ausgemacht, dass wir lammfromm sein werden, dass wir nicht anfangen zu diskutieren, und uns irgendwie blöd stellen. Richtiges Kaspertheater. Mutti hat den beiden dann auch solche Sachen erzählt, dass ich mich sehr gut mit Gertrude verstehe und dass sie das ja auch nicht gutgeheißen hätte, aber dann hätte sie gedacht, ich könnte einen guten Einfluss auf Gertrude ausüben, und es wäre doch auch fabelhaft, was wir beiden zusammen geschafft hätten: die Massen an Altpapier, die wir gesammelt hätten, dass wir nun an der Straße der Besten hängen …

Was wir da noch nicht wussten: Gertrude und ich hingen zu diesem Zeitpunkt schon gar nicht mehr an der Straße der Besten. Die haben uns einfach abgehängt und Kathrin wieder nach vorn geschoben.

Mutti hat an diesem Nachmittag noch weiter geschwärmt, wie hilfsbereit wir seien und wie schön das doch gewesen sei, dass wir mit unserer Timuraktion der Schule in der Zeitung einen guten Auftritt verschafft hätten. Frau Wendler und der Direx waren die ganze Zeit stumm wie Fische und warfen sich komische Blicke zu. Ich saß ganz still und kerzengerade da. Irgendwann konnte Mutti dann nicht mehr.

Die Wendler fing dann an zu reden, dass »diese Leute« – also Gertrudes Familie – ein negatives staatsbürgerliches Verhalten zeigten, und das sei absolut unduldbar und Mutti als Mutter solle sich mal Gedanken machen, ob das nun wirklich ein guter Umgang für ihre Tochter – also mich – sei. Daraufhin war Mutti still. Schließlich sagte sie, dass sie das schon alles verstehe. Das klang komisch, wie Mutti das gesagt hat, aber wir müssen ja so tun, als würden wir die Leberechts blöd finden, weil wir sonst ja auch als Staatsfeinde gelten. Wenn wir auf der falschen Seite stehen, wird es schwierig für uns. Mutti hat mir auch gesagt, sie weiß nicht, auf welcher Seite sie überhaupt sein will. Sie will ja auch nicht alles aufgeben, nur weil ich jetzt mit Gertrude befreundet bin. Aber sie sieht es eben auch nicht ein, dass wir uns sagen lassen, mit wem wir befreundet sind. Und inzwischen mag sie die Leberechts auch viel zu sehr, als dass sie im Schulsekretariat sitzt und einfach behauptet, sie wären »schlimme Leute«, die »die Werte und Errungenschaften des Sozialismus mit Schmutz bewerfen«. Das waren die Worte von Frau Wendler. Aber Mutti sagte dann, dass die Kinder ja unschuldig daran seien, was ihre Eltern denken, und dass man sie deswegen nicht völlig ausgrenzen dürfe, deswegen habe sie es gut gefunden, dass ich mich um Gertrude kümmere. Daraufhin sagten die beiden nichts, aber der Direx kritzelte etwas in ein Buch. Zum Abschied sagten sie zu Mutti, sie müsse ja wissen, was sie tue. Das klang ein bisschen wie eine Drohung und ich habe mich hinterher ganz schlecht gefühlt, Mutti auch. Auf dem Heimweg hat sie ein bisschen geweint.

Mutti hat überhaupt viel geweint in den letzten Wochen. Einmal, da kam uns ihr ehemaliger Chef auf der Straße entgegen. Als er Mutti sah, ist er gleich auf die andere Straßenseite gewechselt. So ein bescheuerter Typ. Muttis Gesicht war danach wie aus Stein.

Und Andi ist wieder da. In der Gemeinde haben sie ein Willkommensfest für ihn veranstaltet, da sind wir natürlich hingegangen. Ich bin so froh, dass Andi wieder aus der Untersuchungshaft entlassen wurde. Seitdem ist er noch stiller als vorher und er will mir einfach nicht erzählen, wie es dort war, in diesem Gefängnis. »Das ist nichts für deine Ohren, Süße«, sagt er nur, wenn ich versuche, ihn auszufragen. Bei dem Willkommensfest hat er ein bisschen geweint. Andi ist nicht der Typ, der öffentlich weint, aber er hatte Tränen in den Augen, das hab ich gesehen. Viele Leute haben sich vorn hingestellt und eine Rede gehalten. Vieles von dem, was sie gesagt haben, habe ich nicht verstanden, aber da war diese entschlossene Stimmung im Raum. Wer übrigens ganz bitterlich geweint hat, war Gotthold. Er wäre beinahe vor Andi auf die Knie gefallen, weil er ihn doch aus Angst vor der Stasi verraten hat. Aber Andi hat ihn sofort ganz doll gedrückt.

»Das fehlt noch, dass du vor jemandem buckelst«, hat Andi gemurmelt.

Mir tat Gotthold sehr leid. Ich weiß nicht, wie sich das anfühlt, wenn man schuld daran ist, dass ein anderer etwas Schreckliches erlebt. Noch dazu, wenn man denjenigen sehr gern hat. Aber er wurde ja geradezu erpresst. Irgendwie ist Gotthold seitdem noch ernster geworden, als er vorher schon war. Ja, alle haben viele Sorgen und manchmal ist die Stimmung bei den Leberechts sehr bedrückt. Wilhelm und Theodor spielen viel draußen. Aber Bettine und Gotthold haben oft Besuch und reden viel, oft sehr laut. Manchmal legt sich Vera einfach nur auf das Küchensofa, macht sich ganz laut

Musik an – Klaviermusik – und liegt und lauscht. Mutti war übrigens ein, zwei Mal bei ihr in der Keramikwerkstatt. Seitdem haben wir einen neuen Übertopf. Er sieht … nun ja … ziemlich schief aus. Aber Mutti sagt, es hat großen Spaß gemacht, ihn zu kneten, und es sei faszinierend, wie Vera mit dieser Töpferscheibe umgehe. »Und wenn sie die Tassen glasiert, dann schmeißt sie die Tassen vorn an der Glasurwanne so geschickt rein, dass sie hinten wieder an die Oberfläche kommen und ganz gleichmäßig mit Farbe bedeckt sind.«

Ich kann mir das nicht so richtig vorstellen, aber Mutti hat's ja gesehen. Besonders stolz war sie, als Vera sie gelobt hat wegen der kleinen Zeichnungen, die sie auf den Übertopf gemalt hat. Die sehen wirklich hübsch aus. Ich wusste nicht, dass Mutti so schön zeichnen kann, und sie anscheinend auch nicht. »Vielleicht sehe ich mich beruflich ja noch mal ganz woanders um«, sagt sie.

Ganz traurig war ich, als Andi mir erzählt hat, dass er nun auch einen Ausreiseantrag gestellt hat. Gehen denn alle weg, die ich gern habe? Andi sagt, er kann nicht in diesem Land bleiben, hier geht er kaputt. Seit er in diesem Gefängnis war, hat er sich verändert. Er ist immer noch oft in seiner Garage. Aber manchmal schläft er jetzt auch dort. Er steht dann irgendwie überhaupt nicht mehr auf, macht nichts mehr, liegt nur da und starrt in die Luft. Ich glaube, wenn er die Abende in der Kirchengemeinde nicht hätte, würde er eingehen wie eine Pflanze, die kein Wasser mehr bekommt. Gertrude hat mich einmal mit zum Kirchenchor genommen. Die Art Musik, die Gertrude mit ihrem Chor gesungen hat, habe ich noch nie vorher gehört. Sie hat mich richtig angebraust. Sie war so traurig, aber gleichzeitig lag in dieser Traurigkeit etwas Schönes, als ob einen jemand tröstet. Gertrude hat mich im Chor vorgestellt und alle waren sehr freundlich. Vorn stand ein Mann, so was wie ein Dirigent, den haben sie »Kantor« genannt, der war lustig. Beim Dirigieren hat er immerzu komische Verrenkungen gemacht, wippte mit den Füßen nach vorn, und wenn er einer Gruppe den Einsatz gab, dann hat er ganz plötzlich eine Bewegung in die Richtung gemacht und dabei ganz doll die Lippen gespitzt. So ein Gesicht machen manche Leute, wenn sie im Zoo vor dem Affenhaus stehen und sich über die Affen lustig machen, die zum Glück völlig unbeeindruckt davon bleiben. In dem Chor aber haben alle Sängerinnen und Sänger sofort das gleiche Gesicht gezogen und Gertrude hat mir erklärt, dass man so deutlicher singt und klarer. Ich bewundere Gertrude. Sie kann singen, Geige spielen und wunderschön vorlesen. Ich wäre gern wie sie.

In den letzten Wochen war alles entspannter, weil Sommerferien sind. Zwei lange Monate ohne Schule, im Juli und August. Ich bin so froh, die ekligen Mundwinkel von Frau Wendler eine Weile nicht sehen zu müssen. Mein Zeugnis war allerdings schon schlechter als alle Jahre davor. Ich habe aber nicht das Gefühl, dass ich deswegen dümmer bin als vorher, im Gegenteil.

Ich genieße die Zeit mit Gertrude. Und wir verbringen viel Zeit miteinander! Wir haben zusammen Geschichten geschrieben und gedichtet. Wir haben Kuchen gebacken. Wir haben ganz viel Eis gegessen. Einmal hatten wir beide Fieber und Halsschmerzen zur selben Zeit. Manchmal habe ich bei Gertrude oder sie hat bei mir übernachtet. Wir haben Kirschen geklaut und waren natürlich ganz viel baden. Auf dem Nachhauseweg haben wir laut gesungen, zum Beispiel diesen Kanon: »Tot. Tot. Wieder einer tot. Wieder einer tot vom Konsumbrot. Was soll das noch werden, wenn alle Leute sterher-her-ben.«

Manchmal war auch Matze beim Baden dabei, aber das fand ich okay. Er ist ja eigentlich ganz nett. Und auch mutig, das muss ich sagen. Es kam nämlich raus, dass sein Vater es nicht gern sieht, wenn er mit mir und Gertrude zusammen ist. Aber Matze kommt trotzdem. Gertrude und ich, wir haben uns noch einmal wegen Matze gezankt. Da hatte ich wieder das Gefühl, ich bin überflüssig. Weil, manchmal ist Matze dann so komisch, er geht ganz nah an Gertrude ran und erzählt dämliche Witze. Und ich fühle mich dann, als würde ich nicht dazugehören. Das kann ich auf den Tod nicht ausstehen! Vielleicht sind alle Jungs so? Gotthold jedenfalls ist ganz anders, aber der ist auch älter, und ich glaube, Gotthold ist sowieso echt anders als alle anderen Jungs in seinem Alter. Und Gertrude, die seine Schwester ist, ist ja auch anders. Zum Glück.

Je näher dann das Ende der Ferien rückte, umso mulmiger wurde es uns dann doch zumute. Ein neues Schuljahr beginnt, der Kampf geht weiter: mit Frau Wendler, mit dem Direx ... Wir müssen stark bleiben. Am letzten Abend lagen wir auf Gertrudes Bett, auf ihrer schönen, bunten, gehäkelten Decke.

»Ich weiß gar nicht mehr, wie das wäre, wenn du nicht da wärst, Ina«, sagte Gertrude.

Ich drehte mich auf den Bauch und sah sie an. Wir hatten die Klamotten getauscht. Dann machte ich einen Kopfstand. Das habe ich auch Gertrude beigebracht. Wie ich da so auf dem Kopf stand und meinen Blick durch das Zimmer schweifen ließ, entdeckte ich »Die Welt ist rund«. Ich hatte Gertrude das Buch schon vor Wochen zurückgebracht. Ich begab mich wieder in die Waagerechte, nahm das Buch und las Gertrude vor:

*Rose stieg jetzt auf der grünen Graswiese die bis zum Gipfel weiterging höher und höher. Sie sagte nicht wieder oh sie ging einfach nur weiter. Es war heiß und das grüne Gras war heiß und unter dem grünen Gras war Grund und in diesem Grund ach du liebe Zeit Rose trat fast drauf da war was und das war rund. Rose ging einfach immer weiter immer höher und das war gut sie hatte überall Mut.*

Gertrude schaute mich mit ihren klaren dunkelblauen Augen an.

»Das hast du schön vorgelesen!«

»Hab ich von dir gelernt«, sagte ich. »Ich hab so viele Dinge von dir gelernt.«

»Papperlapapp«, sagte Gertrude. »Was du gemacht hast, das ist etwas, was für immer zu mir gehört.«

An dieser Stelle muss ich blöd geguckt haben, denn Gertrude lachte. Dann beugte sie sich zu mir hinüber, nahm mein Gesicht in ihre Hände und flüsterte:

»Du bist geblieben. Egal, was kam, du bist geblieben.

Selbst wenn auf der ganzen Welt das Licht ausginge, wüsste ich, dass Ina zu mir hält. Das werde ich in meinem ganzen Leben nicht vergessen. ›Kommando Rose‹ bleibt für die Ewigkeit.«

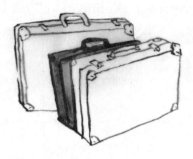

## 11

Am ersten Tag des neuen Schuljahres ist Fahnenappell im Schulhof. Das ist immer so. Da erzählen der Direx, die Pionierleiterin und noch ein paar andere das übliche Blabla. Und wir müssen singen, worauf keiner wirklich Bock hat. Aber so sind die Regeln und alle machen mit. Dann kommt wieder der Pioniergruß: »Pioniere, seid bereit!« – »Immer bereit«, piepsen dann die Pioniere und die FDJler der 8.–10. Klasse brummen den FDJler-Gruß »Freundschaft«. Dann können wir in die Klassenräume gehen.

Gertrude war nicht beim Appell dabei. Wahrscheinlich ist sie einfach nicht gekommen, weil sie sowieso kein Pionier ist. Allerdings hat sie mir gestern Abend auch nichts davon gesagt, das ist eigentlich komisch. Aber andererseits habe ich ja auch nicht direkt gefragt, ob sie zum Fahnenappell erscheint.

Alle in der Klasse scheinen ein Stück gewachsen zu sein.

Kathrin hat eine neue Frisur: Locken. Sie sieht jetzt genauso aus wie ihre Mutter. Es klingelt, die Stunde beginnt. Und immer noch bleibt der Platz ganz hinten leer. Das war schon einmal so. Damals habe ich mir große, große Sorgen gemacht. Ich wusste nicht, was mit Gertrude war, als sie an jenem Tag nicht zur Schule kam. Auch jetzt weiß ich nicht, warum Gertrude nicht gekommen ist. Aber jetzt bleibe ich ruhig. Ich vertraue Gertrude, sie wird mir sicher eine Nachricht zukommen lassen, sie lässt mich nicht einfach im Stich. Sie wird einen Grund haben. Gestern Abend war sie jedenfalls noch gesund und munter.

Frau Wendler begrüßt uns. Ihre Mundwinkel hängen noch tiefer als sonst und oben auf ihrem Kopf wächst ein dicker grauer Streifen im Scheitel nach. Ich wusste gar nicht, dass Frau Wendler schon graue Haare hat. Sie bemerkt meinen Blick und schaut zurück, durchdringend. Einen Augenblick habe ich das Gefühl, sie weiß mehr als ich.

In der Pause kommt Matze angewackelt. Ob ich weiß, wo Gertrude ist. »Nee, weiß ich nicht«, sage ich. Er geht mir schon wieder auf die Nerven. Matze geht mir ungeheuer schnell auf die Nerven. Und das Blöde ist, er merkt es nicht.

Der erste Schultag ist ganz schön langweilig. Das erste Mal seit Wochen bin ich nicht mit Gertrude zusammen. Ich habe mich so an sie gewöhnt, dass ich gar nicht weiß, was ich mit den anderen reden soll. In der Schulspeisung geht es schon am ersten Tag gewohnt wild zu. Ein paar rennen durch den Essensraum und schmeißen sich einen kleinen Ball zu, grölen und lachen dabei. Dann landet der Ball genau in meinem Senfei und ich seh aus wie ...

Endlich ist der Schultag vorbei. Jetzt schnell nach Hause, ich will nach den Hausaufgaben noch bei Gertrude vorbeischauen. Vielleicht hat sie sich den Magen verdorben.

Als ich um die Ecke zu unserem Neubaublock biege, sehe ich Gertrude auf den Stufen vor unserem Eingang sitzen. Ich winke fröhlich. Gertrude winkt nicht zurück. Irritiert gehe ich weiter. Gertrudes Gesicht ist so ernst wie noch nie. Als hätten wir uns stumm abgestimmt, sagen wir nichts. Sie bemerkt nicht mal die ganze Senfeisoße auf meinem Pullover. Ich schließe auf, Gertrude läuft hinter mir die Stufen hinauf. Keiner von uns macht auch nur einen Mucks. Hier ist etwas faul. Mir bricht kalter Schweiß aus. Irgendjemand muss oben im Hausflur an den Stufen ziehen, sie hören einfach nicht auf. Schließlich stehe ich vor unserer Tür. Ich schließe auf, gehe rein, lasse meine Mappe auf den Boden fallen. Gertrude folgt mir, schließt die Tür hinter sich. Dann dreht sie sich zu mir um. Sie macht zwei Schritte auf mich zu und umarmt mich. Sie weint. Ich versuche, Gertrude von mir zu lösen, ich will sie sehen, ich will wissen, was los ist.

»Die haben unseren Ausreiseantrag genehmigt. Wir müssen morgen schon nach Berlin. Wir dürfen nur ein paar Sachen packen, der Rest soll nachgeschickt werden. Ina, wir müssen Abschied nehmen.«

Ich bin wie betäubt. Bloß gut, dass das Atmen ein unwillkürlicher Reflex ist, denn sonst hätte ich einfach aufgehört.

»Wieso jetzt? Wieso so schnell?«

Meine Gedanken kreisen rundherum, rundherum, rundherum. Ich muss mich setzen. Etwas tropft auf meine Beine, es sind Tränen, meine.

»Was sollen wir denn jetzt tun?!« Ich schreie die Frage fast heraus. »Wir können doch nicht einfach so getrennte Wege gehen ab jetzt?! Das halte ich nicht aus.«

»Ich weiß nicht.«

Gertrudes Stimme ist nur noch ein Hauchen.

»Dabei haben wir überhaupt keine Zeit, um zu überlegen. Ich muss zurück und Sachen packen. Heute Abend haben Mutter und Vater alle Freunde zu einem Abschiedsfest eingeladen. Du und deine Mutter, ihr sollt selbstverständlich auch kommen.«

»Wo genau wohnt ihr dann, wenn du im Westen bist?«

»Wahrscheinlich in Westberlin. Jedenfalls gehen wir erst einmal dahin. Onkel Paul will etwas für uns organisieren. Ina, ich sehe Onkel Paul wieder.«

»Und ich? Ich seh dich nie wieder.«

Trotz steigt in mir auf, unsagbar schlechte Laune.

»Ich habe ewig gedacht, dass ich meinen Patenonkel nie wiedersehe«, spricht Gertrude weiter. »Ewig. Alles deutete darauf hin. Und jetzt sehe ich ihn wieder. Nichts bleibt, wie es ist, Ina. Alles dreht sich: rundherum, du weißt doch, Rose. Vielleicht gibt es auch für uns eine Chance. Vielleicht ändert sich irgendwas. Es ändert sich immer etwas auf der Welt, eigentlich andauernd.«

Das fällt mir im Moment wirklich schwer zu glauben. Wie soll denn das gehen? Wie soll ich Gertrude wiedersehen, wenn sie in Westberlin wohnt? Ich darf da als DDR-Mädchen doch nicht hin! Ich kann nach Ostberlin, ja, aber da steht eine dicke Mauer, die beide Berlins voneinander trennt. Ich hier, Gertrude da. Und überall bewachen Soldaten diese Mauer, und wenn jemand versucht drüberzuklettern, wird er erschossen. Ich kann mir nicht vorstellen, dass diese Mauer jemals verschwindet. Wie denn auch? Niemand kann sie einfach einrennen. Man müsste die Soldaten ablenken. Ach, Quatsch. Man müsste die Soldaten dazu bewegen, die Mauer zu öffnen, aber das würden sie doch nie tun, weil sie dann selber ins Gefängnis kommen. Nur wenn alle mitmachen, also alle Leute in der DDR, dann vielleicht … Aber wie soll denn das gehen? Jeder würde mir einen Piep zeigen, wenn er meine Gedanken hören könnte. Dass die Soldaten die Mauer öffnen, weil alle zusammenhalten, so ein Quatsch. Das wird niemals passieren!

Ich schaue Gertrude an. Ihre Tränen sind längst versiegt. Und natürlich, für sie ist es ja nicht nur ein Abschied. Für sie beginnt was ganz Neues. Sie hat ihren Onkel wieder, Gotthold und Bettine können das studieren, was sie wollen, ihr Vater kann seine Gedichte wieder veröffentlichen. Und sie können den ganzen Tag Bananen und Ananas essen, nach Italien verreisen, superschicke Turnschuhe kaufen … Das al-

196

les können sie hier nicht. Natürlich ist Gertrude auch deshalb aufgeregt. Aber für mich wird es hier ganz schlimm. Ich habe keine Freundin mehr. Ich werde zurückgelassen und muss die Wendler ganz allein ertragen. Ich muss wieder heulen. Gertrude sieht mich bestürzt an.

»Ich muss los.«

Wie? Mehr fällt ihr nicht ein?

»Kommst du heute Abend?« Gertrudes Frage ist kaum zu hören.

»Ich weiß es nicht«, flüstere ich. Und ich weiß es wirklich nicht. Ich weiß gar nicht, ob ich das aushalte, Gertrude zu sehen und zu wissen, dass es das letzte Mal ist.

Gertrude geht lautlos. Die Tür fällt mit einem Klacken ins Schloss. Ich stehe in dem dunklen Flur und ich spüre nur noch einzelne Teile von mir. Ich bin nicht mehr vollständig. Wenn ich jetzt einfach abheben könnte wie ein Flugzeug. Einfach rauf in die Luft, irgendwohin. Wenn das ginge! Aber die besten Sachen funktionieren nie. Ich glaube, ich überlebe das nicht.

Ich habe eine beste Freundin, die beste Freundin auf der ganzen Welt. Ich habe einiges für sie riskiert. Jetzt muss sie gehen und ich bin traurig. Aber ich habe keine Zeit, lange zu überlegen! Es gibt nur diesen Abend, sie ein letztes Mal zu sehen, auf Wiedersehen zu sagen.

NATÜRLICH GEHE ICH HIN!

Es ist nämlich so, dass Abschiede besonders wichtig sind. Wichtiger als Begrüßungen, denn die sind immer ein Anfang von etwas. Da liegt die ganze Zeit, die man zusammen hat, noch vor einem. Alles kann gesagt werden. Bei einem Abschied ist das anders. Es ist ein Ende. So sauer und enttäuscht ich bin, das Schlimmste ist doch, dass Gertrude geht. Und dass sie gar nichts dafür kann. Sicher, ihre Familie reist freiwillig aus, aber es handelt sich ja auch um eine Flucht, und jemand, der flüchtet, geht nicht wirklich freiwillig. Denn er kann da, wo er eigentlich sein sollte, nicht bleiben, weil er dort nicht leben kann, wie es am besten für ihn ist. Und ich muss auch einsehen, dass Gertrude hier in der DDR nicht gut leben kann. Sie würde in der Schule ungerecht behandelt werden. Sie würde wie Gotthold bestimmt nicht das studieren oder lernen dürfen, was sie will. Sie wäre ein Leben lang unglücklich, auch wenn ich für sie da wäre. Und am Ende würde ich mit ihr zusammen unglücklich werden, weil ich nicht in der Lage wäre, ihr zu helfen, und zusehen müsste, wie sie immer trauriger wird. Schon allein, wie sie vorhin gegangen ist, wortlos. Sie wusste nicht, was sie sagen sollte. Ich weiß, dass sie mich genauso vermissen wird wie ich sie. Und jetzt haben wir nur noch ein paar Stunden zusammen. Das erfordert eine Entscheidung, die ich längst getroffen habe. Ich muss sofort zu Gertrude. Und ich muss Mutti benachrichtigen. Jetzt!

Ich renne augenblicklich los. Seit Mutti sich hat umsetzen lassen, war ich nicht mehr im Betrieb. Ich gehe nicht gern hin. Aber es muss sein und Mutti geht ja auch jeden Tag dorthin.

Der liebe Pförtner schaut mich nachdenklich an. Ich kann förmlich in seinem Gesicht lesen, wie er überlegt, was er mir am besten sagt. Natürlich weiß er, dass ich die Tochter von der ehemaligen Chefsekretärin bin, die mit ihrem verheirateten Chef zusammen war.

Er steht auf. Er sieht aus, als ob er Zeit gewinnen will. Er überlegt immer noch. Er kommt sogar aus seinem Pförtnerhäuschen raus zu mir und zeigt mir schließlich die Richtung auf dem Betriebsgelände. »Da vorne rechts und dann immer weiter, bis Werkhalle D. Da ist noch ein Verwaltungsgebäude. Am besten, du fragst den Brigadier Lohse, wo genau deine Mutter ihr Büro hat.«

Dann verstummt der dicke, gemütliche Pförtner. Heute macht er keinen Witz, stellt mir keine Kreuzworträtselfrage. Er schaut mit traurigen Augen zu mir herunter. Dann streichelt er mir über den Kopf. Der Pförtner ist gut, das wusste ich schon immer. Ich weiß nicht, ob das richtig ist, was ich jetzt tue, aber ich schlinge meine Arme um seinen Hals und drücke ihn ganz kurz. Er riecht nach Pfeifentabak. Dann gehe ich schnell weiter. Einmal sehe ich mich noch um. Er steht immer noch da, mit verblüfftem Gesichtsausdruck, aber ich kann schwören, dass da ein Lächeln im Anmarsch ist.

Muttis neuen Arbeitsplatz zu finden ist nicht so schwer. Ich muss durch die Halle hindurch. Die Arbeiterinnen und Arbeiter, die hier an ihren Maschinen stehen, gucken mich alle aufmerksam an. Ob sich Mutti gut mit ihnen versteht? Ob das eigentlich komisch für Mutti ist? Tag für Tag hierherzukommen und dabei an dem Haus vorbeizugehen, in dem ihr früheres Büro ist. Das muss doch schrecklich sein!

Als Mutti mich sieht, guckt sie ganz erschrocken. Wir stehen voreinander und alle schauen zu. Wenn ich es ihr hier sage, hören es alle. Dann weiß jeder, was los ist. Vielleicht ist das nicht gut? Ich schicke Mutti einen Blick, der ihr sagen soll, dass wir besser rausgehen. Erst stutzt sie ein bisschen, aber dann weiß sie gleich, was ich meine. Sie schiebt mich vor sich her, dreht sich halb zu den anderen um und murmelt: »Die Pubertät, ihr wisst schon.« Alle lachen.

Draußen angelangt schaue ich Mutti sauer an. »Pubertät?«

»Ich musste doch irgendwas sagen. Jetzt denken die, du hast Liebeskummer oder so. Da haben wir doch Zeit gewonnen.« Mutti lächelt mich an.

»Wir haben eben überhaupt keine Zeit!«, sage ich.

Muttis Lächeln verschwindet.

»Gertrude ... der Ausreiseantrag wurde genehmigt. Morgen früh fahren alle Leberechts nach Berlin.« Sofort verschwimmt meine Stimme wieder.

»Heute ist das Abschiedsfest. Wir sind eingeladen.«

»Oh nein, Ina!«

Mutti zieht mich sofort in ihre Arme. Und ich bin froh. Denn ich hatte ein bisschen Angst gehabt, dass sie nicht sofort versteht, wie schlimm das alles ist.

Da stehen wir wie zwei begossene Pudel. Ein Mann in einer blauen, schmutzigen Latzhose kommt vorbei. Er grüßt Mutti. Dann bleibt er auch noch stehen.

»Ist das deine Tochter, Karla?«, fragt er.

Muss denn das jetzt sein! Mutti legt schützend den Arm um mich.

»Das ist jetzt ein ungünstiger Zeitpunkt, Lutz«, sagt sie.

Alles, was ich noch von Lutz sehe, bevor er weitergeht, sieht nett aus.

»Der sieht nett aus«, schluchze ich.

»Das ist er auch. Überhaupt haben die meisten hier das Herz auf dem rechten Fleck. Es sind eben zum Teil andere Leute als in den Büros der Chefetage. Aber das ist ja im Moment egal. Was willst du tun, Ina?«

Ich fühle mich erwachsen, als Mutti das fragt. Sie überlässt die Entscheidung mir. Und als ob sie wüsste, was ich will, sagt sie: »Natürlich gehen wir da hin. Der letzte Abend. Ist das traurig! Und auch schön. Für die Leberechts ist es schön, wenn sie endlich wegkönnen, auch wenn wir unsere Freunde verlieren.«

»Ich will sofort hin, Mutti!« Das ist alles, was ich herausbringe.

»Dann geh!«, flüstert sie. »Geh schnell. Ich komme nach, wenn mein Dienst zu Ende ist.«

Ich küsse Mutti und sehe, dass auch bei ihr eine Träne im Augenwinkel schimmert. Das Glitzern begleitet mich auf dem Weg. Schnell verlasse ich das Betriebsgelände. Ich renne am Pförtnerhäuschen vorbei. Und ich heule wieder,

genau wie das letzte Mal, als ich vor vielen Wochen hier ent-
langgelaufen bin. Da hatte ich entdeckt, dass Mutti mit dem
blöden Herrn Mertens zusammen war. Wie sauer ich da
war! Dabei war das eine Lappalie im Vergleich zu dem
Grund, weshalb ich heute heule. Heute, heute ist alles ganz
schlimm.

## 12

Die Haustür zur Wohnung der Leberechts steht offen. Musik dringt heraus. Wenn ich es nicht besser wüsste, könnte man denken, hier steigt eine Geburtstagsparty. Plötzlich habe ich das Gefühl, ich hätte etwas mitbringen müssen. Blumen, ein Abschiedsgeschenk oder wenigstens Kuchen. Ich bleibe zögernd stehen. Aber schon öffnet sich oben ein Fenster und Gertrude schaut heraus. Ihren Gesichtsausdruck kann ich nicht beschreiben. Es stecken irgendwie Freude und Schmerz gleichzeitig drin. Sie winkt, dass ich hochkommen soll. Und das mache ich.

Drinnen ist es voll. Überall stehen Leute herum. Durch eine Lücke kann ich sehen, dass Vera weinend im Wohnzimmer sitzt. Um sie herum stehen Berge aus Büchern, die sich vorher im Regal befanden. Gerade gibt sie einen Stapel in die Hände einer anderen Frau. Sie verschenken ihre Bücher. Wahrscheinlich sind es einfach zu viele, um sie alle mitzunehmen. Jetzt werden sie verschenkt. Das würde ich auch so machen. Dann kommt es nicht in die falschen Hände.

Ich gehe die Treppen hoch. Der kleine Theo kommt mir entgegen. Er hat die Arme voll mit Plüschtieren.

Und schon fliegt oben die Tür auf, Gertrude steht auf der Schwelle. Ich umarme sie.

»Ich wusste, dass du kommst.«

»Stell dir vor, ich wäre nicht gekommen?!«, antworte ich. »Wie hätte ich weiterleben sollen?«

»Und deine Mutter?«

»Sie kommt nach, wenn ihre Schicht zu Ende ist.«

Gertrude hält immer noch meine Hand. Plötzlich wendet sie sich um. Sie greift unter die Matratze ihres Bettes und zieht ein Buch hervor. Sie gibt es mir.

»Das behältst du!«

Es ist »Die Welt ist rund«; es ist das Buch mit der Widmung von Onkel Paul.

»Das kann ich doch nicht nehmen, das ist doch ein Geschenk deines Patenonkels!«, protestiere ich.

»Ich bekomme meinen Onkel zurück. Du nimmst das Buch. Damit du nie vergisst, dass die Welt rund ist. Und deswegen treffen wir uns irgendwann wieder, weil die Welt rund ist. Auch wenn ich jetzt in die andere Richtung gehe, purzeln wir beide irgendwann wieder aufeinander.«

»Immer rundherum«, flüstere ich.

Gertrude und ich, wir sitzen auf dem Rand ihres Bettes, jede den Arm über der Schulter der anderen. Wir können gar nichts sagen. Was auch? Etwa:

204

»Wirst du noch manchmal an mich denken?«

Ha, ha. Ich werde immer an Gertrude denken und sie an mich. Das ist doch logisch.

Plötzlich nähert sich draußen Musik. Es sind die Klänge eines Akkordeons und es spielt traurige Musik. Meine Güte, was für traurige Musik. Alle Türen werden von außen geöffnet. Ein Mann kommt herein, es ist der Akkordeonspieler. »Kommt alle runter!«, ruft er. »Lasst uns beisammen sein, als gäbe es keinen Abschied.«

Gertrude schaut mich an.

»Komm, wir gehen unseren Abschied feiern.«

Beim Hinuntergehen fühle ich mich sehr erwachsen.

Im Wohnzimmer, in dem bereits einige Möbel fehlen, sind alle Stühle, die es gibt, zu einem Halbkreis gestellt. Ich sehe Mutti dort sitzen, sie unterhält sich mit Andi. Andi lächelt die ganze Zeit, sie scheinen sich gut zu verstehen. Als sie mich sieht, springt sie auf. Sie kommt zu uns, drückt erst mich und dann Gertrude. Ich höre, wie Mutti zu Gertrude sagt:

»Nimm es mir nicht übel, dass ich Ina erst von dir fernhalten wollte.«

Gertrude schlingt die Arme um Mutti. Eine bessere Antwort gibt es nicht.

»Ich wünsche dir und deiner Familie alles Gute. Ich hoffe von ganzem Herzen, dass wir uns einmal wiedersehen.«

Mutti streicht uns verlegen über den Kopf. Dann setzen wir uns.

Es gibt Programm. Wie eine kleine Vorstellung. Bettine, Gotthold und noch jemand, den ich nicht kenne, spielen Musik. Als die Musik eine Pause macht, hält Simon eine Rede. Er dankt allen Freunden für die Hilfe und den Beistand der letzten Monate. Er sagt:

»Wir leben in einem Land, in dem wir alle nicht nebeneinander leben können. Ich sage es mit den Worten eines meiner Lieblingssänger: *Ich kann nur lieben, was ich die Freiheit habe auch zu verlassen.*«

Alle klatschen. Ich schaue zu Mutti, sie sieht nicht so aus, als würde sie das kennen.

»Liebe Freunde. Wir müssen scheiden, aber es ist kein Abschied. Denn unsere Gedanken kann niemand trennen. Sie wollen uns loswerden, wir sind ihnen zu unbequem. Aber ich schwöre euch, wir gehen zwar, aber wir lassen euch nicht allein. Wir bleiben in Kontakt. Und natürlich werde ich an dieser Stelle nicht verraten, wie wir das tun. Unsere Lauscher sollen selbst nachdenken.«

Ein Raunen und Lachen geht durch den Saal.

»Er meint die Stasi«, flüstert mir Gertrude zu.

»Ich weiß. Aber meinst du, die sind sogar hier im Raum?!«

»Wer weiß?«, sagt Gertrude.

Plötzlich nimmt Simon zwei Gläser Wein und etwas Gebäck und geht damit auf die Straße. Wir drücken uns alle in den Fenstern, um zu sehen, was er tut. Er geht zielstrebig auf ein Auto zu, klopft an die Scheibe. Langsam öffnet sich die Tür. Simon sagt etwas, er lächelt nicht, er reicht das Mitgebrachte hinein und geht wieder. Das müssen die von der Stasi

206

sein. Die stehen da mit dem Auto und bewachen alles, schauen, wer so alles kommt zu den Leberechts. Vielleicht machen sie Fotos, notieren sich Namen. Wahrscheinlich dachten sie, niemand hätte sie bemerkt. Plötzlich steigt einer aus dem Auto aus, er sieht wütend aus. Es ist einer von den Männern, die damals bei den Garagen herumgeschnüffelt haben, ich erkenne ihn sofort.

Wir setzen uns wieder. Simon stellt sich wieder vorn hin. Alle sind sofort still. Simon ist ein guter Redner, niemand will ein Wort von ihm verpassen.

»Liebe Freunde. Ich möchte ein Gebet sprechen, für euch und auch für die Männer da draußen im Auto, denn sie sind es, die wahre Freunde gut gebrauchen können.«

Jetzt kommt wieder das mit dem Gebet. Das kenn ich jetzt schon. Einige murmeln mit, viele haben die Hände gefaltet, einige schauen nachdenklich an die Decke. Es ist ganz ruhig im Zimmer. Als das Gebet zu Ende ist, sagt Simon:

»Ich werde immer an euch denken. Vor allem an gewissen Abenden. Bleibt tapfer.«

Was meint er denn damit, gewisse Abende? Da steckt mir plötzlich ein junger Mann, der hinter mir sitzt, einen Zettel zu. Ist der für mich? Unauffällig schaue ich mich um und bemerke, dass viele Leute wie ganz nebenbei so einen Zettel verstauen. Ich falte den Zettel auseinander und lese:

»*Offener Abend – jeden Montag, 18:00 Uhr in der Marienkirche. JEDE/R ist willkommen.*«

Mein Blick fällt auf Andi. Er lächelt mich an und legt verschwörerisch den Finger an den Mund. Geheim. Das verstehe ich sofort. Mit unbeteiligtem Gesicht verstaue ich den Zettel in der Hosentasche, nicht mal Gertrude hat was gemerkt. Andi zwinkert mir zu. Vorn spricht immer noch Simon:

»Liebe Freunde, ich will, dass wir heute feiern, als gäbe es kein Morgen. Ich will keine traurigen Gesichter. Lasst uns ein rauschendes Fest feiern. Der Wein soll fließen, die Musik laut sein.«

Alle klatschen. Und plötzlich löscht jemand das Licht und alles erstrahlt im Kerzenschein. Jemand hat heimlich überall Kerzen hingestellt, niemand hat es gemerkt. Dann beginnt laute Musik wie in einer Disco. Einige Leute stehen auf und entkorken Flaschen, auch die Gespräche werden immer lauter. Ich schaue zu Mutti, sie lächelt mir ermunternd zu.

Es ist die längste Nacht meines Lebens. Gertrude und ich tanzen, drei Runden tanze ich auch mit Andi. Gertrude und ich trinken heimlich einen der selbst gemachten Liköre von Vera. Die Leberechts haben alle Vorräte rausgestellt, damit sie ausgetrunken werden. Sogar ein Tisch mit Veras Keramik steht da, von dem sich alle bedienen dürfen. Mitnehmen kann sie es nicht und so würde es doch wahrscheinlich kaputt gemacht werden. Mutti hat sich eine der seltsamen Tassen eingesteckt. »Zur Erinnerung«, sagt sie.

Wenn ich mit Gertrude nicht Arm in Arm stehe, halten wir uns zumindest an den Händen. Kaum vorstellbar, dass das in wenigen Stunden nicht mehr geht. Wir lachen und kreischen. Spielen mit den anderen Kindern, die gekommen sind, Verstecken im ganzen Haus. Wir rennen mit Wilhelm und Theo die Treppen hoch und runter, Wilhelm wirft sich ein Bettlaken über und spielt Gespenst. Theo ist ganz verschmiert von Schokoladenplätzchen. Gertrude und ich laufen von Zimmer zu Zimmer. »Präg dir alles ein«, flüstert Gertrude. »Vergiss es nicht!«

»Niemals«, sage ich. Mitten in dem Tumult hält mich eine Hand am Pullover fest. Es ist Gotthold. »Mach's gut«, sagt er. »Ich hätte dich gern besser kennengelernt.«

Ich werde knallrot. Schnell toben wir weiter. Wir verkleiden uns mit allen Sachen, die noch in den Schränken hängen. Wir lachen uns tot.

Irgendwann können wir nicht mehr. Wir sitzen auf der Treppe und schauen den Erwachsenen zu. Die Musik ist leiser geworden. Zwei küssen sich innig. Es fließen immer wieder Tränen, denn so langsam kommt die Zeit des Abschieds. Plötzlich steht Mutti neben mir, sie hat hochrote Wangen und glänzende Augen.

»Wir müssen langsam nach Hause, Ina.«

Sofort kralle ich mich an Gertrude fest. Ich kann nicht. Ich kann nicht. Ich kann nicht.

»Darf Ina die letzte Nacht bei mir schlafen?«, fragt Gertrude.

Ich schaue Mutti an. Sie überlegt. Ich sehe, dass es ihr nicht recht ist. Sie hat Angst.

»Ich weiß nicht, wie das morgen früh hier läuft. Es könnte sein, dass hier gleich früh jemand auftaucht, die wollen sicher gucken, ob die Leberechts ohne Zwischenfälle die Stadt verlassen. Ich möchte nicht, dass du dann noch hier bist. So leid es mir tut.«

Mutti hat recht. Auch mir wird mulmig bei dem Gedanken. Gertrude lässt den Kopf hängen. Da kommt mir eine Idee.

»Und wenn ich im Morgengrauen heimkomme? Ich kann sowieso nicht schlafen und ich stell mir den Wecker. Ich komme, wenn alle anderen noch schlafen.«

Mutti überlegt wieder.

»Gut. Aber dann bleibe ich auch so lange. Ich kann dich nicht allein lassen. Ich lege mich hier auf die Couch und im Morgengrauen gehen wir beide zusammen nach Hause.«

Gertrude und ich sitzen noch eine ganze Weile so da und sehen zu, wie sich die große Wohnung leert. Andi kommt, um sich zu verabschieden. Er kniet vor der Stufe, auf der wir sitzen.

»Meine Süßen«, sagt er. »Bleibt so, wie ihr seid. Lasst euch nicht von anderen irgendwelche Dummheiten aufschwatzen. Folgt eurem Gefühl. Irgendwann, wenn ihr groß seid, will ich mit euch in meiner Garage ein Bier trinken.«

Wir lachen. Dann fummelt Andi von seinem Arm zwei Lederbändchen ab, er hat ganz viele davon. Umständlich bindet er sie um unsere Handgelenke. »Wir sehen uns«, flüstert er mir zu.

Und dann liege ich neben Gertrude auf zwei der zahlreichen Wolldecken, die jemand auf den Fußböden des Hauses verteilt hat. Wir liegen, aber wir schlafen kaum. Hin und wieder dämmern wir kurz weg. Dann sind wir wieder wach und erzählen uns Geschichten und schmieden Pläne für die Zukunft. Wir schneiden uns jede eine Haarsträhne ab. Ich wickle Gertrudes Haarsträhne in ein Stück Papier.

»Was soll ich nur ohne dich machen?«

Gertrude zuckt mit den Schultern.

»Du hast noch Matze. Der ist in Ordnung.«

»Ach, Matze!« Ich winke ab.

»Vielleicht lernst du neue Freundinnen kennen?«

»Vielleicht.«

Fünf Uhr dreißig. Ich muss jetzt los. Ich habe es versprochen. Ich stehe auf. Mir ist schwindelig. Gertrudes Augen sind unglaublich müde. Die Müdigkeit betäubt alles, sogar den ganzen Schmerz. Leise gehen wir die Treppe hinunter. Unten sitzt Vera, sie hat geweint, das sieht man. Wahrscheinlich ist sie die ganze Nacht in der Wohnung umhergegangen. Als wir kommen, erhebt sie sich leise, kommt zu mir. Sie schaut mich an. Ich werde sie auch vermissen, ihre herzliche Art. Vera streicht mir über den Kopf. Dann geht sie in ein anderes Zimmer und lässt uns allein. Mutti steht plötzlich da. Sie schweigt. Es muss nichts mehr gesagt werden.

Wir stehen im Türrahmen, die Haustür ist weit geöffnet. Ich denke daran, wie ich Gertrude das erste Mal in diesem Türrahmen hab stehen sehen. Seitdem ist so viel passiert. Die Welt ist rund. Sie dreht sich immer weiter, sie lässt sich nicht aufhalten. Die Tränen auf Gertrudes Wangen sind auch rund.

Ich gehe los. Es funktioniert merkwürdigerweise. Meine Beine bewegen sich, ich entferne mich. Trotzdem bleibe ich stehen. Ich drehe mich um. Gertrudes Gestalt steht im Türrahmen, reglos. Das war's jetzt also. Ich werde sie nie wieder sehen. Meine Lippen beginnen zu zittern. Ich hebe die Hand, hauche einen Kuss darauf und puste ihn zu ihr. Gertrude tut das Gleiche. Unsere Küsse treffen sich in der Luft, tanzen ein bisschen … und dann … Ich weiß nicht, was aus ihnen geworden ist. Ich stelle mir einfach vor, dass unsere Küsse die ganze Zeit in der Luft sind, also für immer. Wenn ich will, streichen sie über meine Wange.

Ich drehe mich um und gehe weiter. Mutti nimmt meine Hand. Der Morgen ist still. Ein klein wenig schon riecht es nach Herbst. Der Sommer ist vorbei. Gertrude ist vorbei. Etwas kitzelt in meinem Gesicht. Es sind meine Tränen.

*Aber sie konnte es unmöglich die ganze Zeit nicht vergessen und dann doch wieder vergessen natürlich nicht aber sie konnte singen natürlich konnte sie singen und sie konnte weinen natürlich konnte sie weinen.*

DREI WOCHEN SPÄTER   Ich gehe nach Hause. Matze begleitet mich ein Stück, das macht er oft, seit Gertrude weg ist. Manchmal gehen wir uns noch eine Kugel Eis holen. Matze ist okay, aber er ist nicht Gertrude. An der Ecke verabschieden wir uns. Ich gehe nach Hause, am Konsum vorbei. Ich gehe übrigens nicht mehr in den Konsum, ich ertrage Frau Speckmantel nicht mehr. Ich gehe jetzt zum Einkaufen immer in die Kaufhalle, die ist zwar weiter weg, aber man wird nicht blöd angequatscht.

Als ich oben in der Wohnung ankomme, ist Mutti schon da. Hab gar nicht gemerkt, wie schnell die Zeit vorbeigegangen ist. Montags haben wir außerdem immer lange Schule. Leo und Lieschen knattern aufgeregt. Und Mutti ist auch irgendwie aufgeregt. Es liegt etwas in der Luft. In der Küche liegt ein Zettel auf dem Tisch:

*»Offener Abend – jeden Montag, 18:00 Uhr in der Marien-kirche. JEDE/R ist willkommen.«*

Ich erkenne den Zettel. Es ist genau der, den mir der Mann abends bei der Abschiedsparty der Leberechts zugesteckt hat. Mir fällt Andi ein, wie er mir zugezwinkert hat. Der Zettel ist ein Flugblatt, eine geheime Botschaft. Mutti kommt in die Küche. Sie sieht, dass ich den Zettel lese.

»Ich gehe hin«, sagt Mutti mit fester Stimme. »Andi kommt auch. Heute Abend gibt es dort auch ein Konzert.«

»Ich auch«, sage ich zu Mutti. »Ich geh auch hin.«

Natürlich gehe ich hin. Es ist, als wäre ich dort, an diesem offenen Abend in der Kirche, ein Stückchen näher bei Gertrude. Es ist nur so ein Gefühl, aber ich glaub dran.

*Aber denk immer daran die Welt ist rund selbst wenn du keine Ahnung hast vom Grund. Denk daran.*

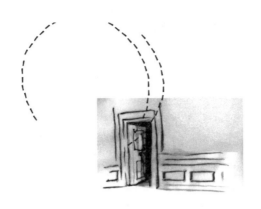

# NACHWORT

WIE INA UND GERTRUDE ZU MIR GEFUNDEN HABEN
Es gibt immer Menschen, die mutiger sind als andere, Menschen, die etwas verändern. In der DDR hatten es solche Menschen nicht leicht. Weil sie andere mit ihrem Freiheitsdrang ansteckten, wurden sie bestraft – zum Beispiel mit Gefängnis. Ich wollte eine Geschichte schreiben über ein Mädchen, das seinen Freiheitsdrang entdeckt, ein Mädchen, das unfassbar mutig ist.

Ich war nie mutig. Was hätte ich an Inas Stelle getan? Hätte ich zu alldem, was Ina erlebte, ängstlich geschwiegen? Als die Mauer fiel, war ich gerade siebzehn Jahre alt geworden. Hätte die DDR weiterexistiert, wären sicher viele schwere Entscheidungen auf mich zugekommen. Wäre ich in die SED eingetreten? Vielleicht, um einen besseren Studienplatz oder eine schönere Wohnung zu bekommen? Was hätte ich getan, wenn die Stasi versucht hätte, mich als Spitzel anzuwerben? Was hätte ich gemacht, wenn ich plötzlich eine Freundin gehabt hätte, die nicht in das enge gesellschaftliche Bild der DDR gepasst hätte? Hätte ich zu ihr gestanden und mich so selbst in Gefahr gebracht?

## WIESO EIN BUCH SCHREIBEN, DAS IN DER DDR SPIELT?

Heute gibt es die Welt der DDR nicht mehr – zum Glück. Ich bin froh, dass ich heute in einem Land lebe, in dem jeder seine Meinung laut sagen kann, reisen kann, wohin er will, liebhaben kann, wen er will, an das glauben, woran er will. Trotzdem finde ich es wichtig, sich mit dieser verschwundenen Welt auseinanderzusetzen. Wieso konnte es passieren, dass einige mächtige Menschen einfach bestimmt haben, was alle anderen denken sollen? Und wieso haben so viele Menschen das einfach mitgemacht? Und diejenigen, die aufbegehrt haben – woher kam ihr Mut? Über diese Fragen muss man immer wieder nachdenken, um die Geschichte zu verstehen, aber auch, damit so eine Diktatur nie wieder errichtet wird.

## DIE GESCHICHTE DER DDR

Die DDR wurde 1949 gegründet und ging im Jahr 1989 mit dem Fall der Berliner Mauer unter. 1990 wurden beide Teile Deutschlands – Ost und West – wieder zu einem Land vereinigt. Die 40 Jahre Geschichte davor kann man natürlich

nicht in einem einzigen Buch erzählen, dafür ist in diesen
Jahren viel zu viel passiert.

### WIESO WAR IN DER DDR NICHT JEDES GEDICHT ERLAUBT?
Die Geschichte von Gertrude und Ina hätte im Jahr 1977 spielen können. Zu dieser Zeit war ganz schön viel in Bewegung.
Denn 1976 hatte die DDR den Sänger und Dichter Wolf Biermann ausgebürgert. Das heißt, sie haben ihm einfach nicht
erlaubt, von einem Konzert im Westen zurückzukommen.
Weil Wolf Biermann in seinen Liedern die Regierung der DDR
kritisierte. Die wollte aber keine Kritik hören – und schon gar
nicht wollte sie, dass die anderen Menschen im Land hörten,
wie Biermann die DDR kritisierte. Kritik war nicht zugelassen, Bücher und Gedichte sollten im Gegenteil die DDR dafür
loben, was für ein gerechtes und friedliebendes Land sie sei.
  Viele Schriftsteller, Schauspieler und Künstler protestier-
ten damals gegen die Ausbürgerung von Wolf Biermann, indem sie einen Brief an Erich Honecker, das Staatsoberhaupt
der DDR, schrieben. Die Folge war, dass viele von ihnen ver-
haftet, mit Berufsverbot belegt und ebenfalls des Landes ver-
wiesen wurden. Andere Unterzeichner stellten einen Ausreiseantrag, weil sie unter diesen Umständen nicht mehr in der
DDR leben konnten und wollten, zum Beispiel der Schauspieler Manfred Krug oder der Dichter Reiner Kunze. Das Leben
in der DDR fühlte sich für viele an wie ein Gefängnis. Deshalb
wollten immer mehr von dort weg. Simon Leberecht, der Vater von Gertrude, hätte diesen Protest gegen Wolf Biermanns
Ausbürgerung vielleicht auch unterzeichnet.

## DIE DDR UND DIE KIRCHE – EIN KOMPLIZIERTES VERHÄLTNIS

Zu Beginn der 50er Jahre bekämpfte die DDR-Führung die Kirche massiv, Mitglieder der Jungen Gemeinden (Jugendgruppen der evangelischen Kirchgemeinden) wurden regelrecht verfolgt. Dann kam eine Phase der Auseinandersetzung. Die Regierung wollte nicht, dass sich die Kirche in die Politik einmischte, die Kirche selber suchte nach einem Weg, in diesem Staat ihren Gemeindealltag leben zu können. Man versuchte, sich miteinander zu arrangieren. In der Realität klappte das an einigen Orten besser, an anderen schlechter. In Zeitz kam es 1976 zu einem grausamen Vorfall. Der Pfarrer Oskar Brüsewitz verbrannte sich selbst. Er protestierte damit unter anderem gegen die ungerechte Behandlung von christlichen Kindern und Jugendlichen an den Schulen.

1978 schließlich traf sich Erich Honecker mit Vertretern der Kirche. Sie redeten darüber, wie sie trotz ihrer so unterschiedlichen Weltanschauungen zukünftig nebeneinander existieren konnten. Sie schlossen eine Art Frieden.

## DIE KIRCHE BLEIBT OFFEN FÜR ALLE

Trotzdem blieb die Kirche immer ein Dorn im Auge der Regierung. Denn die Führung der DDR konnte unmöglich alles kontrollieren, was in der Kirche geschah, trotz der vielen Spitzel, die die Stasi auch in die Kirchgemeinden einschleuste. Immer mehr Menschen fanden sich unter dem Dach der Kirche zusammen, weil sie hier eine offene Atmosphäre antrafen. Hier formierte sich die Friedensbewegung

Anfang der 80er Jahre – das waren Menschen, die gegen die Aufrüstung in Ost und West waren. Hier diskutierten sie über Umweltverschmutzung, Wehrdienst und Menschenrechte, hörten Musik und Texte, die eigentlich verboten waren – kurz: In der Kirche fand die Opposition zusammen, also die politischen Kräfte, die nicht zur Regierung gehörten. Und letztendlich wurde hier die friedliche Revolution von 1989 eingeläutet.

Seit 1980 führte die evangelische Kirche jedes Jahr für zehn Tage Friedensdekaden durch. Ab 1982 begannen in Leipzig die montäglichen Friedensgebete. Später wurden in den Kirchen des ganzen Landes Friedensgebete abgehalten. Sie waren offen für alle. In Leipzig hießen sie bald Montagsgebete und 1989 wurden daraus die Montagsdemonstrationen. Immer mehr Menschen gingen auf die Straße, so lange, bis sie nicht mehr aufzuhalten waren …

UND WAS HAT DAS ALLES MIT GERTRUDE STEIN ZU TUN?
Nichts! Genau genommen hätten Ina und Gertrude »Die Welt ist rund« von Gertrude Stein nie lesen können. Denn es wurde erst im Jahr 1994 ins Deutsche übersetzt und in Deutschland verlegt. Aber hätte es das Buch damals schon gegeben, es wäre ganz sicher das Lieblingsbuch von Gertrude gewesen.

Vielleicht hätte »Die Welt ist rund« den Mächtigen in der DDR auch nicht gefallen? In dem Buch erforscht das Mädchen Rose die Welt. Das hat die DDR-Regierung ihren Menschen ja nie erlaubt: die Welt erforschen. Sie durften nur in das sozialistische Ausland reisen, also in Länder wie Polen, Ungarn oder die Tschechoslowakei.

Gertrude Stein wurde 1874 in Amerika geboren und zog als junge Frau nach Paris. Sie war homosexuell und liebte Frauen. Sie war mit vielen bekannten Künstlern ihrer Zeit befreundet. Dabei mochte sie vor allem die Künstler, die in ihrer Kunst einen neuen Ausdruck fanden, also anders malten und schrieben, als es normalerweise üblich war. Auch Gertrude Stein hat mit Sprache experimentiert und sich dabei über alle Konventionen hinweggesetzt. Sie schrieb einfach so, wie sie es wollte.

# GLOSSAR

**AUSREISEANTRAG**     Wer nicht in der DDR leben wollte, hatte zwei Möglichkeiten. Erstens, die Flucht – die war gefährlich: Wenn sie nicht glückte, konnte man an der stark bewachten Grenze zur Bundesrepublik erschossen werden oder kam ins Gefängnis. Zweitens, man konnte einen Antrag auf dauerhafte Ausreise aus der DDR stellen. Bis 1983 wurde das Stellen solch eines Antrags in der DDR als Straftat behandelt. Antragsteller hatten mit schlimmen Schikanen zu rechnen. Das Ministerium für Staatssicherheit stufte sie als sogenannte »feindlich-negative Personen« ein, man konnte seine Arbeit verlieren oder durfte nicht studieren. Erst als die Zahl der Antragsteller trotzdem immer weiter anstieg (1984 hatten bereits fünf von tausend Einwohnern der DDR einen entsprechenden Antrag gestellt; 1989 tat dies schon jeder Zehnte), wurden sie nicht mehr so stark verfolgt. Die Bearbeitungszeit eines Ausreiseantrags konnte dennoch weiterhin Jahre dauern.

BRD    siehe Eintrag BERLINER MAUER

BERLINER MAUER    Nach dem Zweiten Weltkrieg teilten die vier Sieger-Länder (die USA, Großbritannien, Frankreich und die Sowjetunion) Deutschland in vier Zonen auf. Aus diesen Zonen entstanden 1949 die zwei deutschen Staaten. Aus der amerikanischen, britischen und französischen Zone wurde die BRD, die Bundesrepublik Deutschland. Aus der sowjetischen Zone wurde die DDR, die Deutsche Demokratische Republik. In Berlin, das vor dem Krieg die deutsche Hauptstadt gewesen war, gab es einen West-Teil und einen Ost-Teil, der zur »Hauptstadt der DDR« erklärt wurde.

Den Menschen in der BRD ging es wirtschaftlich schnell viel besser, weil die BRD nach dem Krieg finanzielle Unterstützung von den USA bekamen. Die DDR dagegen kam allein für die Wiedergutmachung der Schäden auf, die der Krieg in der Sowjetunion angerichtet hatte. Ganze Fabriken wurden in der DDR abgebaut und in die Sowjetunion abtransportiert. Auch war das DDR-Geld nicht viel wert. Die DDR verfügte über wenig Devisen (»Westgeld«) und konnte deshalb weniger aus westlichen Ländern importieren, z. B. wichtige Rohstoffe wie Erdöl oder auch Südfrüchte. Die DDR musste viele hochwertige Waren, die in ihren Betrieben hergestellt wurden, ins Ausland exportieren. Deshalb gab es in der DDR weniger zu kaufen als in der BRD und in den Werken fehlten oft Rohstoffe für die Produktion und Ersatzteile für kaputte Maschinen. Das nennt man Mangelwirtschaft. Rasch zeichnete sich aber auch ab, dass die Machthaber der DDR nicht wollten, dass die Menschen in ihrem Land die Politik der DDR mitbestimmten. Die SED-Führung duldete keine Kritik an ihrer Politik. Mehr als drei Millionen Menschen flohen in den 1950er Jahren deshalb in den westlichen Teil Deutschlands, in der Hoffnung, dass es ihnen dort besser gehen würde. Das war schwierig für die DDR, denn es fehlten ihr bald wichtige Arbeitskräfte. So zog die DDR kurzerhand am 13. August 1961 Stacheldraht quer durch Berlin und baute gleich im Anschluss daran die Mauer – ab da gab es die schwer bewachte Grenze zwischen den beiden deutschen Staaten. Sie fiel erst achtunddreißig Jahre später, weil im Herbst 1989 Hundertausende Menschen in der DDR Woche für Woche auf die Straße gingen, um für demokratische Veränderungen im Land zu demonstrieren. In der Folge dieser friedlichen Revolution fand im Jahr 1990 die Wiedervereinigung statt: beide Länder, BRD und DDR, wurden zu einem Land, ohne Grenze.

DDR      siehe Eintrag BERLINER MAUER

ESSENGELDTURNSCHUHE      In der DDR wurde von der Regierung festgelegt, was die Betriebe zu produzieren hatten. Von vielen Produkten gab es daher nur wenige unterschiedliche Modelle zur Auswahl. So auch bei Turnschuhen. Die bekanntesten waren die »Essengeldturnschuhe«. Sie waren aus dunkelblauem Stoff und hatten eine weiße Sohle. Sie kosteten nur um die fünf Mark – ungefähr so viel wie eine Woche Schulessen – daher der Spitzname: Essengeldturnschuhe.

**FRÖSI**     Das war eine Kinderzeitschrift in der DDR, die von der Pionierorganisation »Ernst Thälmann« herausgegeben wurde. Sie erschien jeden Monat in einer Auflage von 600 000 Exemplaren. Der Name FRÖSI stand für »Fröhlich sein und singen« – ein Pionierlied. Die Zeitschrift enthielt Comics, Bastelanleitungen und Beiträge zu Natur, Wissenschaft, Technik und Kunst. Regelmäßig wurde in der Zeitschrift dazu aufgerufen, Sekundärrohstoffe zu sammeln, also leere Flaschen und Altpapier, um so dem Staat zu helfen – denn wegen der Mangelwirtschaft wurde vieles wiederverwendet. Wie fast alle Medien war auch die FRÖSI ein Propaganda-Organ. Das heißt, sie verbreitete in auf die Kinder zugeschnittener Sprache die Meinung der SED. Andere Meinungen waren nicht zugelassen.

Ich mochte die FRÖSI gern, weil oft viele bunte Dinge in dieser Zeitung steckten, z. B. Samentütchen.

**GAGARIN, JURI (1934 – 1968)**     Juri Gagarin war der erste Mensch, der 1961 in den Weltraum flog. Er kam aus der Sowjetunion. Der Kosmonaut flog mit seinem Raumschiff, der Wostok 1, in knappen zwei Stunden einmal um die Welt.

**HONECKER, ERICH (1912 – 1994)**     Der Kommunist Erich Honecker war seit 1971 Chef der in der DDR allein herrschenden Sozialistischen Einheitspartei Deutschlands (SED). Ab 1976 wurde er auch Staatsratsvorsitzender und somit das Staatsoberhaupt der DDR. Bis 1989 war er in dieser Position der mächtigste Mann des Landes.

**INTERSHOP**  Weil der DDR stets Devisen (»Westgeld«) fehlten, konnte sie mit dem westlichen Ausland nur begrenzt Handel treiben. Auch wurden mit dem knappen Westgeld zuerst Rohstoffe und Maschinen und erst dann modische Sachen oder Südfrüchte eingekauft. Wenn es zwei Mal im Jahr irgendwo Bananen gab, standen die Leute in langen Schlangen danach an. Kiwis oder andere exotische Früchte kannte man gar nicht in der DDR. Es gab aber in vielen Städten einen Laden namens Intershop, der keine Schaufenster hatte. Dort gab es lauter Dinge aus dem Westen zu kaufen – allerdings nur für diejenigen, die Westgeld hatten. In der DDR gab es die Ost-Mark, in der BRD die D-Mark: Westgeld.

**KAPITALISMUS**  Der Kapitalismus ist eine bestimmte Art von Wirtschafts- und Gesellschaftsordnung, d. h., die Wirtschaft und die Gesellschaft funktionieren kapitalistisch. Mit »Kapital« bezeichnet man das Geld – und auch die Maschinen und Fabriken, mit denen man Geld erwirtschaftet. Denn im Kapitalismus geht es vor allem um den Zugewinn an Geld. Dafür werden immer neue Waren produziert und zum Kauf angeboten. Man kann alles kaufen, wenn man genug Geld hat. Das Kapital besitzen im Kapitalismus die Unternehmer, sie investieren ihr Geld, um es zu vermehren. Dabei geht es nicht immer gerecht zu.

**KOLLEKTIV**  In der DDR war das Kollektiv wichtiger als der Einzelne. Überall in den Betrieben und Schulen wurden Gruppen, »sozialistische Kollektive« gebildet: Schulklassen, Arbeitsgruppen und Abteilungen, die untereinander im Wettbewerb standen. So sollten möglichst gute Arbeitsergebnisse erzielt werden. Dafür wurden Produktions- und Lernziele vorgegeben. Es war aber auch wichtig, dass man untereinander Solidarität übte, sich also gegenseitig unterstützte. Oft waren diese Kollektive für viele Menschen eine Art Familie. Wer sich aber nicht ins Kollektiv fügte, hatte es schwer.

KONSUM  Es gab in der DDR zwei Sorten von Läden: den Konsum und die HO (Abkürzung für Handelsorganisation). Sie verkauften Lebensmittel, aber auch Kleidung, Schuhe oder Sportsachen – die HO in Centrum-Warenhäusern, der Konsum in Konsument-Warenhäusern. Während die HO staatlich war, gehörte der Konsum Genossenschaftsmitgliedern. Jeder Bürger konnte einen Anteil daran erwerben und war am Umsatz des Konsums beteiligt. Für jeden Einkauf in Konsum-Geschäften erhielt er kleine, bunte Wertmarken, die in ein Heft eingeklebt und am Jahresende abgerechnet wurden. In vielen Familien war das eine Aufgabe der Kinder, die sie wenig liebten. Den Konsum gibt es noch heute – kleine Geschäfte und auch größere Supermärkte, die so heißen.

MANGELWIRTSCHAFT  siehe Eintrag BERLINER MAUER

MUCKEFUCK  So nannte man in der DDR das Getränk, das man heute als Malzkaffee kennt. Offiziell hieß er »Im Nu«, das stand auch auf der Verpackung. Das Wort »Muckefuck« bedeutet so viel wie »dünner Kaffee«. Es heißt, der Begriff sei um 1870 während des Deutsch-Französischen Krieges entstanden, abgeleitet von »Mocca faux« (französisch für »falscher Kaffee«).

**POLYTECHNISCHE OBERSCHULE (POS)** So hieß die normale, zehnklassige Oberschule. Sie gab es in der DDR seit 1959. Wer Abitur machen wollte, musste die Erweiterte Oberschule (EOS) besuchen. Zunächst ging sie von der 9. bis zur 12. Klasse. Ab 1981 bestand die EOS dann nur noch aus zwei Klassenstufen, und alle Schüler gingen bis zur 10. Klasse gemeinsam in eine Schule. Um zur EOS zugelassen zu werden, musste man aber nicht nur gute Noten haben, sondern auch in der FDJ gesellschaftlich aktiv sein. Kinder mit christlichem Glauben wurden dagegen bei der Vergabe der Abiturplätze benachteiligt.

**PIONIERE** Fast alle Kinder der DDR traten in der ersten Klasse der Pionierorganisation »Ernst Thälmann« bei – das war die einzige in der DDR zugelassene Kindervereinigung. Von der ersten bis zur vierten Klasse war man Jungpionier. Jungpioniere hatten eine weiße Pionierbluse mit dem Pionierzeichen am Ärmel und ein blaues Halstuch, das mit einem Pionierknoten gebunden wurde. Ich konnte diesen schwierigen Knoten nie! Ab der vierten Klasse wurde man dann Thälmannpionier und bekam ein rotes Halstuch. Ab der 8. Klasse wurde man Mitglied der FDJ (Freie Deutsche Jugend). Wer nicht in der Pionierorganisation war – z. B. Kinder aus religiösen Familien –, wurde von den gemeinschaftlichen Unternehmungen der Organisation ausgeschlossen.

**PIONIERGRUSS** Zu Beginn der Schulstunden oder des wöchentlichen Fahnenappells begrüßte man sich, indem der Lehrer »Pioniere, seid bereit!« rief und die Kinder antworteten: »Immer bereit!« Dabei legten sie die rechte Handkante parallel zum Scheitel auf den Kopf. Bei den FDJlern – die Freie Deutsche Jugend war die Jugendorganisation der DDR für alle ab vierzehn Jahren – lautete der Gruß dann: »Freundschaft«. Der Lehrer rief: »FDJler: Freundschaft!« – Die Jugendlichen antworteten: »Freundschaft!«

SCHLAGER-SÜSSTAFEL    Diese Schokolade kostete damals nur schlappe achtzig Ostpfennige. Sie war vor allem dafür bekannt, dass sie nicht gut schmeckte. Was daran lag, dass gar kein Kakao enthalten war, sondern ein Schokoladenersatz mit Erdnüssen.

SED    Die SED (Sozialistische Einheitspartei Deutschlands) war die mächtigste Partei in der DDR, der sich alle anderen Parteien und gesellschaftlichen Massenorganisationen wie die Gewerkschaft oder die FDJ unterordnen mussten. Die führenden Politiker der SED, das sogenannte Politbüro, bestimmten die Regeln im Land und wer was machen durfte. Sie ordneten an, was in den Zeitungen zu stehen hatte und was den Kindern in der Schule erzählt wurde. Wer einen hohen Posten haben wollte, also z. B. Chef eines Betriebs werden wollte, musste in der SED sein, anders konnte man in der DDR nicht Karriere machen.

SOWJETUNION    Die Sowjetunion (Union der Sozialistischen Sowjetrepubliken, kurz UdSSR) wurde 1922 gegründet, nachdem die Kommunisten im Oktober 1917 in einer Revolution die Macht in Russland erkämpft hatten. Die Sowjetunion bestand bis 1991. Sie war damals das größte sozialistische Land. Die DDR gehörte – wie alle sozialistischen Staaten Osteuropas – zu ihrem Machtbereich. 1991 – als in Deutschland bereits die Mauer gefallen und

Ostdeutschland nicht mehr sozialistisch war – zerfiel auch die Sowjetunion. Viele ehemalige Sowjetrepubliken wollten auch unabhängig sein. Es entstanden lauter neue Länder wie zum Beispiel Weißrussland, die Ukraine, Armenien, Aserbaidschan, Georgien, Kasachstan, Usbekistan und einige mehr. Russland ist dennoch immer noch eines der größten Länder der Welt, hat aber an Einfluss verloren.

SOZIALISMUS    In einem sozialistischen Land sollen alle Menschen die gleichen Voraussetzungen zum Leben haben. Leider war das in der Realität aber anders. In der sozialistischen DDR hatten eben nicht alle die gleichen Möglichkeiten, sich zu entfalten. Das wichtigste Merkmal einer sozialistischen Gesellschaft ist, dass die Produktionsmittel, also die Maschinen und Fabriken, nicht einzelnen Unternehmern gehören, sondern Volkseigentum sind. Die Betriebe hießen deshalb »Volkseigene Betriebe« (VEB). Aber in der Praxis gehörten die Betriebe dem Staat und der SED. Die an sich gute Idee des Sozialismus hat nie funktioniert. Ein Grund dafür war zum Beispiel, dass es immer Menschen gab, die mehr als andere haben wollten – vor allem die Mächtigen aus Partei und Regierung. Und wer etwas dagegen sagte, wurde ins Gefängnis gesteckt.

STAATSBÜRGERKUNDE    Dieses Fach hatten alle Schüler ab der 7. Klasse. Ich kannte keinen, der Staatsbürgerkunde gern machte. In Staatsbürgerkunde lernten wir die Geschichte der DDR und die Ideologie der SED auswendig. Wir lernten, dass unsere sozialistische Gesellschaft viel besser als die kapitalistische in Westdeutschland sei und dass uns die Berliner Mauer vor dem Kapitalismus schütze. Der Unterricht sollte unser Klassenbewusstsein stärken und wir mussten uns zu unserem Arbeiter-und-Bauern-Staat bekennen. Solche Dinge sprachen im Unterricht alle nach. Man merkte schnell, dass man seine eigene Meinung besser für sich behielt, statt sie laut auszusprechen. Ein Kind mit einer schlechten Note in Staatsbürgerkunde war schon auffällig.

STASI   Stasi nannte man umgangssprachlich das Ministerium für Staatssicherheit – kurz MfS. Das MfS war einerseits ein Geheimdienst, der den Staat DDR beschützen sollte. Gleichzeitig war die Stasi auch eine Art Geheimpolizei für die SED. Sie bespitzelte Menschen, hörte sie heimlich ab, kontrollierte ihre Post, säte Zwietracht zwischen ihnen (das nannte die Stasi »zersetzen«), sperrte sie ein, verhörte sie und schreckte dabei auch nicht vor psychischer und körperlicher Folter zurück. Offiziell kam das aber erst nach dem Ende der DDR, also nach 1989/90, heraus. Jeder, der politisch oder sozial auffällig wurde, geriet in Gefahr, von der Stasi beobachtet zu werden. Und das Beobachten machte die Stasi gründlich, sie bediente sich dafür über Hunderttausend heimlicher Spitzel; sogenannter Inoffizieller Mitarbeiter (IM), die sie oft unter Druck dazu zwang, sogar Menschen aus der eigenen Familie oder dem Freundeskreis zu bespitzeln.

STRASSE DER BESTEN   Das waren Schaukästen, die vor allem in den Betrieben hingen, manchmal auch in Schulen. Dort wurden regelmäßig die Arbeiter/innen und Schüler/innen hervorgehoben, die am besten gearbeitet, die besten Noten oder z. B. das meiste Altpapier gesammelt hatten. Sie hatten sich verdient gemacht um das »sozialistische KOLLEKTIV« und waren damit Vorbilder, denen es nachzueifern galt.

SUBBOTNIK     Der Begriff »Subbotnik« entstand in Sowjetrussland als Bezeichnung für einen unbezahlten Arbeitseinsatz am Samstag. Das Wort »Subbotnik« leitet sich von dem russischen Wort für »Samstag« ab: Subbota. In der DDR, wo sich jeder in seinem Kollektiv engagierte, waren Subbotniks an der Tagesordnung, alle mussten dann mit anpacken.

THÄLMANN, ERNST (1886 – 1944)     Ich war oft der »Wandzeitungsredakteur« in unserer Klasse und habe z. B. an jedem 16. April eine Wandzeitung anlässlich des Geburtstags von Ernst Thälmann gestaltet. Ernst Thälmann war Politiker und bis zu seiner Verhaftung 1933 durch die Nationalsozialisten Vorsitzender der Kommunistischen Partei Deutschlands (KPD). Nach elf Jahren Einzelhaft wurde er im Konzentrationslager Buchenwald ermordet. In der DDR galt er als Held, der für den Kampf gegen den Faschismus gestorben ist. Nach ihm wurden viele Straßen und Betriebe benannt.

TIMURHILFE     In der DDR gehörte das Buch »Timur und sein Trupp« von Arkadi Gaidar zur Lektüre im Schulunterricht. In dem Roman geht es um den russischen Jungen Timur, der heimlich den Witwen von im Krieg umgekommenen Soldaten hilft. »Timurhilfe« war in der DDR ein fester Begriff. Es gehörte zur Ehre eines jeden Jungpioniers, anderen zu helfen, hieß es. Die besten Helfer wurden dafür mit einem Abzeichen geehrt. Ich kannte aber niemanden, der das wirklich in seiner Freizeit gemacht hat. Es reichte, wenn man in der Schule erzählte, dass Timurhilfe toll sei.

**VEB**    siehe Eintrag SOZIALISMUS

**WANDZEITUNG**    Damit kein Pionier vergaß, worauf es in der DDR ankam, hingen in jedem Klassenzimmer und in den Schulfluren Wandzeitungen. Auf ihnen prangten Parolen wie »Für vorbildliche Leistungen bei der Erfüllung des Pionierauftrages« oder »Je stärker der Sozialismus, umso sicherer der Frieden!« In Beiträgen wurden auf den Wandzeitungen verdiente Kämpfer für den Sozialismus oder besonders gute Schüler geehrt. Oder es wurde über die Zusammenarbeit mit der Patenbrigade berichtet, oder über den 1. Mai, den internationalen Kampf- und Feiertag der Werktätigen. Jede Pionier- und FDJ-Gruppe wählte jedes Schuljahr einen Wandzeitungsredakteur.

JUDITH BURGER ist 1972 in Halberstadt geboren und seit über zwanzig Jahren begeisterte Wahlleipzigerin. Nach ihrem Studium der Kultur- und Theaterwissenschaften 1991 arbeitete sie lange Zeit als Werbetexterin. Seit einigen Jahren ist sie redaktionelle Mitarbeiterin bei MDR Kultur. Außerdem schreibt sie Radio-Features. *Gertrude grenzenlos* ist ihr Debüt.

ULRIKE MÖLTGEN, geboren 1973 in Wuppertal, hat in ihrer Heimatstadt Kommunikationsdesign studiert und bei Wolf Erlbruch ihr Diplom gemacht. Inzwischen sind von ihr über fünfzig Bilderbücher erschienen, die mehrfach ausgezeichnet wurden. Sie lebt mit ihrem Sohn Konrad und ihrer Hündin Maja auch heute noch in Wuppertal.

Wir danken dem Kulturhistoriker und
Soziologen Prof. Dr. Bernd Lindner (Leipzig)
für die fachliche Durchsicht.

1. Auflage 2018

Copyright © 2018 Gerstenberg Verlag, Hildesheim
Alle Rechte vorbehalten
Umschlag und Illustrationen von Ulrike Möltgen
Druck und Bindung: GGP Media GmbH, Pößneck

www.gerstenberg-verlag.de

ISBN 978-3-8369-5957-5